KB061783

목수와

그의
아내

목수와 그의 아내

초 판 1쇄 2022년 02월 24일

지은이 이경혜
펴낸이 류종렬

펴낸곳 미다스북스
총괄실장 명상완
책임편집 이다경
책임진행 김가영, 신은서, 임종익, 박유진

등록 2001년 3월 21일 제2001-000040호
주소 서울시 마포구 양화로 133 서교타워 711호
전화 02) 322-7802~3
팩스 02) 6007-1845
블로그 http://blog.naver.com/midasbooks
전자주소 midasbooks@hanmail.net
페이스북 https://www.facebook.com/midasbooks425

ISBN 978-89-6637-342-0 03810

값 15,000원

미다스북스는 다음세대에게 필요한 지혜와 교양을 생각합니다.

"너는 내 딸이야."

큰딸 미칼라가
부모님의 삶을 적어내기로 했습니다

목수와
그의
아내

이경혜 지음

딸의 시선으로

되새겨보는

부모님의 말과

생각들

미다스북스

엄마와 아빠의 시간을 담아 드리기로 했습니다. 문득문득 '너 어렸을 적'이라며 하시는 이야기들을 그러모았더니 양껏 잡히지 않았습니다. 마치 양쪽 손바닥을 모아 샘물을 뜨는 것처럼 줄줄 흘러내렸습니다. 주워 담기 위해 적었습니다. 적은 글을 모아보니 엄마와 아빠의 고생스러웠던 그리고 아름다웠던 장면이 남았습니다.

엄마와 아빠의 결혼생활 시작은 도마교리였습니다. 내 기억도 도마교리부터입니다.

도마교리 집 안마당에는 커다란 라일락 나무가 있었습니다. 이른 봄, 집 근처만 가도 라일락 꽃내음이 가득했고, 보라색 꽃송이들이 가지가 휘어질 정도로 주렁주렁 달렸습니다. 라일락 나무를 중심으로 유리병을 뒤집어 동그랗게 꽂아놓았습니다. 호미로 라일락 나무 주변을 판 뒤 키가 달랐던 진로 소주병과 칠성 사이다병을 뒤집어 동그란 바닥의 높이를 맞춘 후 흙을 다졌습니다.

도마교리 미칼라네는 커다란 대문을 열고 들어가면 정면에 라일락 나무가 서 있고, 왼쪽에 있는 우물가를 지나 뒤꼍으로 가면 목단이 내 머리보다 크게 피었습니다. 목단 옆에는 장독대가 있었고, 그 옆으로 가죽나무가 몇 그루 있었습니다. 그렇게 뺑 돌면 건넛방 아궁이를 지나 다시 안마당 라일락이 나옵니다.

나는 '미칼라'입니다. 가톨릭 세례명 '미카엘라'를 많은 사람이 부르다 보니 입에 착 붙어 '미칼라'가 되었습니다. 그래서 도마교리 집은 미칼라네 집이었고, 할아버지는 미칼라 할아버지, 아빠는 미칼라 아빠…. 뭐 이런 일종의 우리집 대명사가 되었습니다.

도마교리가 가끔 그립습니다. 돌아가신 할머니와 할아버지도 함께 생각납니다. 결혼하고 아이를 낳아 기르다 보니 도마교리에 대한 추억이 조금 다른 각도에서 보이기 시작했습니다. 멀리서 시집와 고생했을 엄마, 가난한 살림에 가족들을 책임지느라 고단했을 아빠가 자꾸만 겹쳐졌습니다. 그래서 엄마와 아빠에게 물었습니다. 그때 힘들지 않았냐고. 그러면서 이 책은 시작되었습니다.

목 차

돌아보니 50년

부록 : TMI

목수와 그의 아내

도마교리

01 목수의 어머니 : 할머니

내가 성인이 되어서도 할머니는 물 주전자 심부름은 미칼라가 진짜 잘했다고 칭찬하면서 꼭 하시는 말씀이 있었다.

"내가 논에 물 주전자 심부름을 시키면서 '넘어지지 말고 잘 다녀와!'라고 걱정했더니 아, 글쎄! 미칼라가 뭐라는 줄 알아? '할머니! 내 걱정은 말고 할머니 걱정이나 하셔!' 이러더라니까! 일곱 살밖에 안 된 게!"

모내기 철에 일손이 달리니 일곱 살인 나도 논에 심부름하러 종종 갔었다. 그때 심부름을 잘해서일까? 할머니는 나 국민학교 (초등학교) 운동회 때 늘 통닭을 사 오셨다. 누런 봉투에 기름이 좍 배어 나온 그 통닭, 배를 활짝 열어젖히고 통으로 튀겨진 갈색 닭. 할머니가 통닭을 사는 날은 1년에 두 번이었다. 봄 운동회와 가을 운동회. 지금도 그 맛이 그리워 가끔 사 먹어본다. 하지만 할머니가 사 오신 것이 아니라 그런지 그 맛이 안 난다. 지금 생각해보면 운동장에서 흙먼지와 함께 먹었던 통닭이 뭐 맛있었을까 싶지만, 그것과는 별개로 입에 침이 고인다.

할머니는 참 좋았다. 다른 할머니들과 다르게 언제나 펄펄 날아다니셔서 더 좋았다. 그렇게 힘차게 다니시던 어느 날 할머니의 발을 우연히 보게 되었다. 새끼발톱이 빠져 아예 없었고, 그자리에 뭉툭하고 거친 살이 올라와 있었다. 왜 그러냐고 물었더니 버스에서 어떤 남자의 구둣발에 밟힌 후 그렇게 되었다고 대답하셨다. 병원에 다녀오셨냐고 했더니 사느라 바빠서 못 갔다고 하시는데 마음이 너무 아팠다. 그런 나를 보고 할머니가 말씀하셨다.

"미칼라. 아무것도 아니라고 생각하면 아무것도 아닌 거야."

살다 보면 아무것도 아닌 일인지 아무 일인지 구분할 수 없을 때가 많다. 눈 앞에 펼쳐진 이것이 나를 덮칠 것만 같은 그 순간 할머니의 목소리를 떠올리면 조금 낫다. 통닭 한 마리 끼고 앉아 먹다 보면 정말 아무것도 아닌 일이 되기도 했다.

할아버지는 운동회 날마다 "우리 미칼라는 언제 공책 두 권 받아올까?"라고 늘 말씀하셨다.

운동회 때 달리기를 하면 1등은 세 권, 2등은 두 권, 3등은 한 권의 공책 상품을 줬다. 몇 명이 달리든 나는 늘 꼴등이었다. 그래서 공책 상품은 없었다. 내가 집에 가져가는 공책 한 권은 운동회를 마친 후 모두에게 참가상처럼 나눠주는 공통의 그 한 권이었다. 나는 6년 내내 정말 딱 한 권씩 가져갔다.

나는 어렸을 적 잘 체했다. 하지만 그걸로 병원에 간 적은 없었다. 그때마다 할아버지가 다락에 있는 꿀을 주셨기 때문이다. 꿀로도 체기가 가시지 않으면 침을 놔주셨다.

할아버지가 머리카락에 쓰윽 쓰윽 문지른 침으로 엄지손톱 밑을 콕 찌르면 시커먼 피가 콩알만큼 나왔다. 명치에서 뭔가 쑥 내려가는 것 같았다.

할아버지가 논에 가실 때는 "미칼라 타라."라며 우마차를 태워주셨다. 아카시아가 흐드러지게 핀 고갯마루에서 "워~! 워~!" 마차를 세우시고 아카시아 꽃 두 다발을 따셨다.

한 다발은 할아버지가 들고, 한 다발은 나에게 주셨다. 할아버지는 아카시아 꽃송이를 한입에 쑥 넣고 천천히 잡아 빼는 시범을 보이셨고, 나는 할아버지를 따라 했다.

달큼한 꽃송이들이 톡톡 토도독 입안으로 곤두박질쳤다. 입 밖으로 나온 건 마치 생선 가시처럼 생긴 아카시아 꽃대였다. 정말 맛있었다. 맛있고 향기로운 아카시아. 아카시아가 피는 5월이 오면 할아버지에 대한 그리움도 함께 몰려온다.

그래서일까? 나는 늦봄에 문방구에서 공책을 얼마나 사는지도 모른다. 필요하지도 않은 공책을 자꾸만 사 온다며 아이들이 타박할 때도 있다. 그러면 내가 쓰려고 사는 거라고 큰소리도 치고 한동안 공부하는 척도 한다.

처음에는 할아버지에 대한 그리움을 채우기 위해 공책을 샀었는데 이제 문방구에 가면 할아버지를 만난 것처럼 마음이 편안해

지고 뭐든 할 수 있는 '미칼라'가 된다. 나의 슈필라움은 동네 문
방구이다.

03 사과 반쪽

목수 일은 새벽에 시작된다. 지금이야 근로기준법이라는 테두리가 있지만, 아빠가 20대 목수였을 시절에는 대여섯 시에 일을 나가야 했다. 대중없는 퇴근 시간에 더해서 일 욕심 많은 아빠는 새벽부터 밤까지 일하는 것이 너무나 자연스러웠다.

"엄마는 아빠가 새벽에 나가서 밤에 들어올 때 막 뭐라고 안 했어?"

"그때는 그렇게 사는 건 줄 알았지. 나는 아버지가 일찍 돌아가셨으니까 니네들한테 아버지라는 존재가 있다는 것만으로도 너무 좋았어."

맞다. 우리 엄마는 그래서 시아버지, 나의 할아버지를 아버지처럼 따랐다. 할아버지는 그런 며느리를 역시나 아끼셨고. 나도 엄마도 할아버지 할머니 말씀이라면 무조건이었다.

그런 내가 딱 한 번 할아버지 청을 안 된다고 거절한 적이 있었다. 직장에서 퇴근하는 길에 문득 할아버지 생각이 나서 도마교리로 갔다. 주차하고 대문을 열고 들어가는데 인기척이 없었다.

"할아버지~ 나 왔는데? 어디 계서?"
"미칼라 왔냐?"

안방에서 방문을 열고 나오시는 할아버지가 보였다. 어스름한 저녁이었지만 할아버지 이마에 상처는 확실히 알아볼 수 있었다.

"할아버지! 이거 뭐야? 어디서 다치셨어? 병원은?"

"마당에서 살짝 넘어졌어. 어지러웠어. 인제 괜찮아."

"아이고~ 조심하시지~! 할머니는 어디 가셨어? 저녁은? 차릴까?"

"그래. 배고프다."

할아버지와 나는 도마교리 흙집에서 마주 앉아 저녁을 먹었다. 저녁상을 치우고 사과를 깎아 드렸다. 혹시나 해서 반만 드렸다.

"나머지도 다오."

"할아버지~ 이거 다 드시면 배 아프실 것 같아. 할머니 오시면 같이 드셔. 응?"

"그래."

"그럼 나 갈게요~"

"조심히 가. 운전 조심하고."

"나오지 마셔."

이 대화가 아직도 생생하다. 내가 다녀가고 며칠 후 할아버지가 쓰러지셨고, 한 달 후에 돌아가셨다. 장례를 치르고 일주일쯤 지나서 할아버지가 꿈에 오셨다. 하얀 두루마기를 입고 나를 부르셨다.

"미칼라~"

나는 생시 같았다. 할아버지에게 가지 말라고⋯. 가시지 말라고 오열을 하며 매달렸다.

"잘 있어라."

할아버지는 이 한 마디 남기시고는 돌아서서 홀연히 가셨다. 뒤를 한 번 돌아보지 않으셨다. 바람결에 날리는 하얀 두루마기 자락을 붙잡을 수 있을 줄 알았는데 내 손은 허공을 허우적대고 있을 뿐이었다.

내가 저녁을 차려 드린 날 할아버지 이마에 난 상처, 그 어지러움은 아마도 뇌졸중의 초기 증상이었을 것이다. 그리고 나는 그날 할아버지께 사과를 반쪽만 드렸다. 나머지도 달라 하셨는데 그걸 안 드린 것이 내내 마음에 걸렸다.

나는 한동안 사과를 먹지 못했었다. 할아버지 생각이 너무 나서. 그걸 왜 안 드렸을까 자책도 해보았고, 죄 없는 사과를 째려보기도 했었다.

이렇게 무거웠던 마음이 할아버지에 대한 포근한 그리움으로 남을 수 있었던 건 할아버지가 오직 내 꿈에만 찾아오셨다는 걸 안 순간이었다. 심지어 할머니에게도 나타나지 않으셨고, 할머니는 나에게 '좋겠다'라고 하셨다.

어렸을 적 할아버지의 침을 맞고 나아졌듯이 할아버지의 인사로 그리움을 갈무리할 수 있었다. 잘 있으라고 했으니까 나는 잘 있을 수밖에 없다. 할아버지의 주문대로 나는 잘 있다.

살다 보면 몸과 마음이 지치는 때가 있다. 누구나 그렇듯이. 한숨을 쉬는 중에 할아버지의 주문이 떠오르면 해결이 되지 않았는데도 마음이 한결 가벼워지는 걸 느낀다. '잘 있어라'라는 할아버지의 주문이 이뤄지는 순간이다.

목수와 그의 아내

목수가 되기 전 어린 나의 아빠

04 을지로 전기학원

나의 어린 아빠는 가난한 시골집 셋째 아들이었다. 그 옛날 먹고 살기 힘들었기 때문에 어린 나이 때부터 농사를 지었을 나의 어린 아빠를 떠올렸다. 농사도 농사지만 형들처럼 공부가 너무 하고 싶어 할아버지 몰래 중학교 입학시험을 보셨단다.

결과는 합격! 그냥 합격도 아니고 자그마치 6등! 하지만 농사를 지어야 했으므로 학교는 언감생심이었다. 나의 어린 아빠는 그날

부터 밤마다 싸리문을 붙잡고 한 달을 우셨다. 듣고 있는 나도 마음으로 울었다.

"아빠, 너무 힘들었겠다."

"그때는 진짜 가고 싶었어."

"내가 다 슬퍼지네."

"그래서 내가 을지로에 갔던 얘기했던가?"

"을지로? 아니! 을지로에 왜 갔어?"

매일 밤 싸리문을 붙잡고 울던 나의 어린 아빠는 공부가 하고 싶어 집에서 쌀 한 말을 들고 나왔다.

"공부를 너무 하고 싶어서 니네 할머니 몰래 쌀 한 말을 들고 을지로에 갔어. 전기학원 등록하러."

"정말? 그래 봤자 열너댓 살밖에 안 됐을 텐데?"

"처음엔 몰래 다녔는데 그걸 계속 숨길 수가 있어야 말이지. 거기서 3개월을 배웠어. 라디오 만드는 거 배웠는데 내가 거기서 우등생이었어!"

"아니~ 아빠! 도마교리에서 을지로까지 어떻게 갔어? 우리 아빠 엄청 용감했네~!"

"용감했지~ 용감했어."

"전기학원에서 뭐 배웠어?"

"라디오 만드는 거랑 전기 연결하는 거 배워서 여태 잘 써먹고 있지."

할머니 몰래 쌀 포대를 졌을 아빠의 어깨를 바라보았다. 무거운 쌀을, 그리고 책임을 얼마나 짊어졌을까. 아빠의 어깨는 그 짐을 지느라 상하기도 하고 다치기도 했을 것이다. 을지로 전기학원에서 배운 기술로 집도 짓고, 성당도 지으며 짐을 올리기도 하고 내리기도 했다. 이제 짐을 내려놓으며 살 차례라고 했더니 '이

정도는 껌'이라고 했다.

이 순간만큼은 아빠가 부럽다. 나도 이 정도는 껌이라며 으스대고 싶다. 그렇지만 으스댈만한 게 아직 없다. 아이들은 한창 크고 있고, 삶은 똑딱 1초를 쪼개며 살아야 할 정도로 바쁘게 지나간다. 언젠가 나도 아이들 앞에서 어깨 으쓱할 때가 오겠지.

05 우물을 4길을 팠어

'이리 오너라~!' 소리치며 들어가야 할 것 같은 큰 대문이 있던 도마교리 집. 도마교리 집에는 우물이 있었다. 우물가를 돌아 뒤꼍으로 가면 목단이 내 머리보다 크게 피어 있었다. 그렇게 삥 돌아 가죽나무 몇 그루를 지나면 다시 안마당이다. 안마당을 가로질러 대문을 나오면 바깥마당 한구석에 소가 묶여 있고, 그 소를 지나면 변소가 있었다. 깊은 구멍 위에 기다란 나무판자 2개가 딱 걸쳐져 있었다. 그곳은 냄새와 파리가 공존하는 곳이었다. 소가 바라보는 큰 마당에서 우리는 자치기도 하고, 비석치기도 하고, 명절에는 윷도 놀고 널도 뛰었다. 나에게는 추억이 가득한 집이고 아빠에게는 나고 자란 집이었다.

"아빠, 우리 도마교리 살 때 있잖아~? 그때 그 집에 우물가가 난 참 좋았는데 기억나?"

"그 우물을 내가 팠지. 4길을 팠어. 4길을."

"아빠 몇 살 때?"

"스물두 살. 그걸 내가 삽으로 팠어. 지름이 2m 하고도 50cm야. 내가 그땐 힘 좀 썼지."

"샘이 있는 줄 어떻게 알았어?"

"에잇. 그걸 어떻게 알어!"

"어? 진짜? 우리 집 물 참 좋았었는데?"

"허허. 미칼라! 나올 때까지 파는 거야. 4길을 파야지 하고 계획하고 파는 게 아니라 4길까지 팠는데 물이 나온 거지."

"하하, 그래? 우리 아빠 진짜 대단하다~!"

"구 씨네는 5길을 팠어. 우리는 4길을 팠고."

"그걸 어떻게 기억할까? 우리 아빠는~?"

그렇게 도마교리 집 지은 얘기가 시작되었다. 당시 도마교리 집을 지을 때 온 동네 사람들이 일손을 보탰다. 약 50여 명의 장정이 와서 두 달 동안 15칸 집을 지었다.

조그만 동네여서 도마교리 사람들 말고도 옆 마을, 옆의 옆, 그리고 또 그 옆의 마을에서도 왔을 것이다. 동네에서 '이 집은 사람이 이렇게 많이 와서 돕는다'라며 부자가 될 집이라고 했단다.

"어떻게 그렇게 많은 사람이 올 수 있었을까?"

"동네에서 인심을 잘 얻었지. 아버지가 누가 아프다고 하면 사람이든 소든 가리지 않고 어디든 가서 침을 놓으셨지."

"맞아! 할아버지가 나도 침 많이 놔주셨어. 체했다고 침 놔주신 거 기억나."

이렇게 나는 할아버지에 대한, 아빠는 아버지에 대한 추억을 공유했다. 기억보다 추억이 더 향기롭다는 건 이런 느낌일 것이다. 게다가 추억은 공유하는 순간 더 선명해지고 마치 그 순간으로 날아가는 것 같은 마법을 품고 있다. 아빠와 나는 마법의 양탄자를 타고 할아버지에게 다녀왔다.

"자네는 주특기가 뭔가?"

아빠는 사위들을 앞에 앉혀놓고 고기를 구우며 슬쩍 말을 건넸다. 주특기를 묻는 아빠의 표정에는 이미 '나 자랑할 거 엄청 많음'이라고 쓰여 있었다.

장인어른의 의도를 알아차린 두 사위가 번갈아 가며 웃는다.

"아버님! 저 공익인데요~? 하하하."

"저는 비밀입니다. 아버님!"

비밀과 공익 사이에서 아빠는 누구를 선택할지 나는 몹시 궁금했다.

"나는 파주에 있었지."

아빠의 선택은 아빠 본인이었다. 이미 사위들의 주특기가 무엇인지는 아빠에게 그리 중요하지 않았다. 예전부터 하도 '기밀 유출하는 건데 너만 들어라.'라고 했던 이야기인지라 오늘은 내가 먼저 물었다.

"아빠. 이런 얘기 이렇게 막 하면 군사 기밀 유출하는 거 아니야? 사위들도 있는데~!"

"쉿! 그러니까 너만 들어."

"또 시작이군."

"대한민국에서 딱 한 번 있는 폭발 예행연습을 내가 눌렀지."

1970년대 초반 어느 날. 논산으로 입대한 아빠는 양평에서 군 생활을 하다가 미군 부대로 차출되었다. 지금 우리가 알고 있는 '카투사' 비슷한 거겠지 싶다. 그곳에서 우리의 '이 상병'은 제대할 때까지 '이 상병'이었다고 한다. 지금이랑 군 체계가 아주 달라서 T.O.가 있어야 진급할 수 있었는데 제대할 때까지 T.O.가 나질 않아 상병인 채로 제대했다고 한다.

"내가 포 훈련을 잘해가지고 포상휴가를 10일이나 받았어! 게다가 일등병에서 상병으로 특진까지 했다니까!"

"오~~~ 우리 아빠 멋지네~! 축하금 같은 건 안 받았어?"

"그런 게 어딨어? 월급이 940원이었어. 내가 그걸 차곡차곡 모아서 제대할 때 도마교리에 돼지를 샀다니까!"

"돼지를?"

"그래. 돼지!"

아빠는 이 시절이 정말 행복했던 것 같았다. 군대 얘기만 했다 하면 표정이 밝아지는 건 물론이고 목소리에 어찌나 힘이 들어가 는지. 아빠의 리즈 시절은 '이 상병' 때였다.

"아빠~ 군대가 좋았어? 왜 남자들은 부대 쪽으로 오줌도 안 싼 다잖아."

"좋았지~ 너무 좋았지. 먹을 걱정을 하니~? 돈 걱정을 하니~? 내 침상에 내 관물함까지 있으니까 너무 좋았지. 게다가 나는 시 험도 잘 봤어!"

"무슨 시험? 군에서 무슨 시험을 봐?"

"3개 중대에서 시험을 봐가지고 딱 1명을 뽑았는데…."

"설마 그게 아빠였어?"

"당연하지~ 인마! 나는 1등 아니면 안 해!"

아빠의 군대 얘기는 반복되면서 살이 조금씩 붙었다. 붙은 살이 진실인지 아닌지는 이미 중요하지 않은 시점이었다. 단지 이야기만으로도 행복감은 최고였다. 게다가 아빠는 비밀취급… 뭐라고 하면서 신분증에 빨간 네모가 있었다고 한다. 이걸 들은 큰 사위가 제대로 맞장구를 쳤다.

"아버님! 저도 비밀취급자격 2급입니다."

"아니~! 자네도?"

"네."

"그럼 자네도 제대하고 해외 못 나갔겠네?"

"네. 돈이 없어서 못 간 게 아니라 비밀을 취급해야 해서 못 갔습니다."

"허허허~! 자네도 참!!!"

돈이 있었으면 큰일 날 뻔한 건가? 우리는 모두 웃었다. 그러면서 사위가 휴가 나와서 있었던 일을 재미있게 말했더니 아빠도 질 수 없었는지 '나는 말이야~'로 이야기는 계속 이어졌다.

"구파발 검문소에서 헌병한테 휴가증을 보여줘야 해. 그래서 내가 딱 펴서 보여줬지."

"도장이 빠졌다고 돌아가라고 했나?"

"아니~ 그게 아니라 온통 영어로 써 있으니까 얘가 당황하는 거야! 몇 초 쳐다보더니 거수경례를 갖다 붙이는 거야! 최악! 이렇게!"

그러면서 모두 크게 웃었다. 군대 문화를 이해하지 못한 나는 잘 모르겠지만 따라 웃었다. 이제 아빠의 군대 에피소드는 외울 정도다. 대위님 모자에 계급장이 떨어져서 납땜하고 잠깐 써봤는데 때마침 대위님한테 딱 걸린 일, 아빠 군복은 스모 원단이었고, 육군본부 상신 올릴 때 '이 상병'이 맨날 1번이었고, 군사학 공부가 너무 재밌었고, 제대할 때 월급을 모아서 돼지를 샀고…. 이렇게 이야기는 돌고 돌았다.

돌고 돌면서 이야기는 구체적으로 부풀려졌다. 과장된 이야기는 다음번 이야기의 바퀴를 돌며 더 커지고 스릴이 더해진다. 이렇게 강력해진 아빠의 군대는 우리를 지켜주는 든든한 군인 아저씨가 된다. 요즘은 군인 아저씨가 아니라 아이언맨이라고 하는 것이 더 적절할 것 같다. 조금 과장될지언정 나도 내 아이들에게 강력한 아이언맨이 되고 싶다.

목수의 군대 시절

07 목수와 농부의 이중생활

군대 제대 후 나의 젊은 아빠는 일명 투잡을 가졌었다. 정월부터 모내기 전까지 동네에서 집을 짓고, 모내기부터는 먹고 살기 위한 고군분투의 농사가 시작되었다.

"관서네 집은 내가 총지휘를 했어."

"아빠가? 그때 아빠가 몇 살이었는데?"

"제대하고 나서니까 스물세 살."

"스물세 살에 집을 지었다고?"

"그래서 관서네 집 지을 때 동네 사람이 무시도 많이 했어. 니가 무슨 집을 짓냐면서….”

"누가? 누가 그랬어?"

"한동네 사람."

도마교리는 누가 누군지 다 아는 작은 동네였다.

아빠에게 질투를 던진 그분은 그냥 '한동네 사람'으로 불리면서 이름까지 잃었다. 이름을 잃고 '한동네 사람'으로 명명된 그분은 '관서네 집'이 다 지어진 후에 배가 아파 죽진 않았고 그냥 배만 아파하셨다고 한다.

관서네 집을 짓기로 한 뒤 아빠는 매일 새벽같이 안골에 있는 기와집을 찾았다. 동네에서 제일 튼튼하다고 소문난 안골 기와집을 보고 또 보며 아이디어를 찾았다.

처음엔 자신이 없어 못 한다고도 했지만, 동네 어른들이 땡겨 줄 테니 해보자는 말씀에 용기를 냈다. 스물세 살 인생에서 큰 결심을 한 청년은 안골 기와집 앞에서 두 주먹을 불끈 쥐었을 것이다.

짚을 썰어 넣은 흙으로 반죽해서 벽돌을 찍어 쌓아 올린 기와집. 그 집을 바라보는 나의 젊은 아빠.

한 손에는 '잘할 수 있을까?'라는 걱정을, 다른 손에는 '잘할 수 있다!'라는 결심을 꼭 쥐고 떠오르는 해와 함께 걸었을 것이다.

아빠의 두 손을 슬그머니 바라보았다. 왼쪽 새끼손가락에 붕대를 감고 계셨다. 늘 험한 일을 하시니 손이 성하면 이상할 정도이다. 아빠의 두 손에 나는 그 어떤 것과도 비교할 수 없는 사랑을 담아 드리고 싶다. 젊은 날의 비장한 각오 말고 말랑말랑한 우리들의 사랑을.

08 아빠의 대타, 작은아빠

어느 날 저녁 작은아빠에게 전화가 왔다.

"여보세요?"

"미칼라~ 어디니?"

"집."

"김 서방은?"

"옆에."

"바쁘니?"

"아니요. 뭐 드시고 싶은 거 있어요?"

"없어. 빨리 와. 인마~!"

나는 어렸을 적부터 작은아빠는 큰오빠처럼, 막내 고모는 큰언니처럼 여겼다. 나이 차가 적어서 그런지 자연스럽게 언니 오빠처럼 지냈다. 반면 작은아빠가 태산처럼 생각하는 형님이 바로아빠다. 터울이 많이 지기도 하지만 더 큰 이유는 '그날' 때문이었다. 술잔만 기울이면 술술 풀어지는 옛 기억.

"그날 새벽에 너 안고 오왕근한테 뛰어갔던 생각하면 아직도눈물이 나."

'아직도' 낱말에서 아빠의 고개는 숙여졌다. 그래서 늘 어색한 시작이지만, 그 어색함이 자꾸만 반복되니 익숙한 어색함이 되었다.

"동트기 전이었어. 네가 숨도 안 쉬고 애가 축 늘어져 있는 거야. 엄마는 나보구 너를 안으라고 하시더라. 싸개 안에서 눈도 못 뜨는 널 보니까 정말 어찌할 바를 모르겠더라고. 엄마가 나보구 '진영아~ 큰맘 먹고 가라. 큰맘 먹고….'라고 하시는데 신발을 신었는지 벗었는지도 모르겠고, 무조건 대문 밖으로 달려갔어. 엄마가 나를 불러 세우시더니 아부지한테 '마지막으로 당신이 침이라도 놔주세요.' 하시더라고. 그 말씀 없으시던 아부지가 '그래…. 마지막이다….' 하시면서 침을 놓으셨어. 네가 너무 작은 아기니까 침 끝만 살짝살짝 다섯 군데를 찌르시더라고. 정수리랑 여기랑 여기랑…"

정수리를 손가락으로 가리키던 아빠는 고개를 돌리며 흔들리는 눈동자를 숨기고 있었다.

그 옛날 스무 살 청년이 이제 막 돌 지난 동생을 안고 새벽어둠을 가르며 뛰는 듯이 걷고 있었다.

"제발…. 제발…."

무엇을 그렇게도 애타게 바라는지, 제발 다음의 말은 잇지도
못하면서 무조건 빌었다. 도마교리에서 반월 오왕근의원네까지
가는 길이 이렇게 멀었던가! 뒤따라오는 엄마의 안부를 살필 새
도 없이 발걸음은 점점 빨라졌다.

"어…. 엄마!"

앞으로만 내달리던 아빠는 걸음을 갑자기 멈추며 엄마를 불렀
다. 방앗간 앞을 지난 즈음에 품 안에 있던 동생이 뭔가 이상했다.

"만순네 위에 그 밥집 있잖아. 거기였어. '진규야~' 하고 불렀

더니 네가 대답을 하는 것 같더라고. 눈을 뜨고 나를 보더라고. 깨어났던 거지! 세상에!"

환갑을 앞둔 작은아빠를 바라보는 칠순이 넘은 아빠의 눈동자. 그 눈동자에는 방금 눈을 뜬 돌잡이 아기 동생이 비쳤다.

"엄마가 너 눈 뜬 거 보시더니 '우리 가지 말까?' 하시더라. 그래서 오왕근한테 가는 발걸음을 돌린 거지. 그냥 집에 왔어."

그렇게 각별한 사이가 되어 버린 형과 동생. 내가 살았던 도마교리에서의 기억에 작은아빠는 약을 달고 사는 삼촌이었다. 삼촌 방에는 약 봉투가 산처럼 쌓여 있었으니까. 엄마가 이런 삼촌을 늘 안쓰러워하며 빼놓지 않고 챙기는 것이 있었다. 바로 국물김치.

"형수님 국물김치는 아~ 아으~ 정말~!"

감탄에 감탄을 하는 형수님표 국물김치. 엄마가 국물김치를 하면 아빠는 꼭 전화를 하신다.

　"진규야~ 너 오늘 저녁에 바쁘니?"
　"하나도 안 바빠요!"

　아빠가 '쿵' 하면 작은아빠가 '짝'을 하며 가끔 미칼라와 김 서방이 추가된다. 작은아빠는 정말로 '작은' 아빠와 같은 존재다. 민망한 부탁이지만 아빠는 아빠대로, 작은아빠는 아빠의 대타로 계속 계셔주셨으면 좋겠다. 비빌 수 있는 언덕 너머에 작은 언덕이 또 있다는 것. 이건 내 인생의 축복이다.

목수와 그의 아내

아내가 되기 전 어린 나의 엄마

09 벌벌이

엄마의 이야기를 듣기 위해 다락에서 앨범을 찾았다. 사진은 한 보따리인데 따라오는 이야기는 열 보따리. 엄마의 어렸을 적 사진을 보며 나는 엄마가 엄마가 아니었을 때를 생각한 적이 없다는 걸 알았다. 엄마는 그냥 늘 '엄마'로 있었던 것 같다. 마치 태어날 때부터 엄마였던 것 마냥.

"가시나들이 와 이리 촐싹거리노!"

"쓸데없는 가시나들이 밥을 와 이리 많이 먹노!"

엄마가 어렸을 때 엄마의 친할머니께서 자주 하셨던 말씀이라고 한다. 엄마와 이모들에게 '가시나들'이라고 하시면서 밥숟가락 뒤집어서 손녀들 머리를 딱딱 때리셨다고 한다.

"엄마의 할머니면 외할머니한테는 시어머니셨겠네?"

"그렇지."

"엄마도 밥숟가락으로 이마 맞았어?"

"아니. 그때 나는 서너 살밖에 안 되었었고, 니 이모들이 할머니한테 그렇게 구박을 받았었지."

"아고고~ 왜 그러셨을까!"

"옛날 분이라 그렇지. 그때 엄마는 너무 어리기도 했었고."

"그랬구나~"

"외할머니 입장에서 보면 남편도 일찍 죽고, 시어머니까지 돌아가셨으니까 니네 외할머니 혼자서 우리들 키우느라고 너무 힘드셨을 거야."

"정말 그렇네. 외할머니 혼자 외삼촌들이랑 이모들이랑 게다가 농사까지…. 어떻게 감당하셨을까?"

엄마는 그때 생각이 나는지 한숨을 쉬었다. 외할머니에게 들었다면서 외할아버지 돌아가셨을 때 이야기를 했다.

"내가 네 살, 막내 이모가 두 살, 그리고 외할머니가 막내 외삼촌을 임신하고 있었을 때 외할아버지가 갑자기 돌아가셨어. 주무시다가 심장마비로. 그때가 5월이었고, 6월에 외삼촌이 태어났지. 옆집 큰할아버지가 외할머니를 보고 너무 딱했는지 애를 하나 양녀로 보내라고 하셨대. 그 할아버지는 아들 하나, 딸 하나 이렇게 둘밖에 없었거든. 외삼촌은 핏덩이니까 안 되고, 막내 이모는 이제 두 살이니까 너무 어리고…. 결국 내가 유력한 후보가

된 거지. 언니들은 양녀로 가기엔 이미 너무 컸고."

"어머! 그래서? 엄마를 보낸 거야?"

"외할머니가 나를 이리 보고, 저리 봐도, 아무리 훑어봐도 안 되겠더래. 나는 겁도 많고 어리숙해서 별명이 '벌벌이'였어. 그러니까 외할머니가 저걸 어떻게 보내나…. 생각이 드셔서 그냥 결심을 악착같이 하시고 기른 거지. 우리 6남매를."

"그랬구나~! 세상에."

집성촌이라 의지할 수 있는 구석도 있었겠지만, 층층시하에 그 많은 농사를 떠맡아서 홀로 살림을 꾸려갔을 외할머니의 삶을 가늠조차 할 수 없었다. 외할머니 생전에 이런 고단함을 좀 알아드릴 걸 하는 아쉬운 마음이 커졌다.

외할머니 생각을 하다 보니 그 시골에서 아무리 농사가 많아도 아이들을 어떻게 공부시키고 출가시킬 수 있었는지 궁금했다.

"그럼 척과에서 생활은 어떻게 한 거야? 쌀 말고 돈."

"농사지은 거 내다 팔았지~"

"농사가 많았다며? 그걸 외할머니 혼자서 파셨어?"

"아니. 머슴이 도라꾸 타는 데까지 지게로 나르고 할머니는 그 걸 장에 가지고 가셨지. 도라꾸 타고."

"도라꾸가 뭐야?"

"지금으로 치면 트럭 같은 거야."

"버스는 없었어?"

"버스는 중학교 땐가…. 그때 생겼을걸?"

"그럼 머슴이 장에까지 지고 가면 되잖아?"

"미칼라~! 30리 길을 어떻게 지게로 지고 가냐~?"

"아~ 그렇구나!"

외할머니 이야기를 하다 보니 외할머니 열여덟 살에 큰이모를 낳으셨다. 그렇게 출산한 나이를 따지다 보니 엄마가 현재 내 나이였을 때는 이미 대학교 졸업반 딸을 키우고 있었다. 바로 나.

나는 지금 중학생 아들을 키우는 것도 힘드네 안 드네 앓는 소리 하고 있는데 대학생 딸이라니…. 와우! '벌벌이'라는 별명을 가졌을 정도로 겁 많고 소심했던 우리 엄마가 아이 셋을 키운 나이를 생각하니 나는 좀 더 유연하게 마음을 먹어야 하지 않을까 생각했다.

그러면서도 한편으로는 '엄마'라는 직업이 나이를 뛰어넘는다는 것도 알았다. 엄마가 되는 순간 내가 리셋되는 건 아닐까. 그러니까 몇 살이 되었든 그 지점부터 엄마 인생 시작이다. 늦은 나이에 결혼하면서 좀 더 성숙하게 아이를 키울 수 있을 줄 알았다. 하지만 그것만큼 큰 착각은 없었다. 엉망진창, 실수투성이로 가득한 나의 육아 인생을 돌아보면서 생물학적 나이가 아닌 육아 연차로 18세인 나를 마주했다.

10 척과 국민학교

"엄마! 척과 국민학교 다닐 때 재밌었어?"

"아니. 시계가 너무 어려웠어. 아무리 보고 또 봐도 모르겠더라."

"시계 보는 거?"

"어. 시계를 읽는 것도 어려웠는데…. 시간을 더했다가 뺐다가 하는 거야!! 세상에! 그건 정말 못하겠더라니까!"

"엄마. 그래서 나 일일 학습지 시킨 거였어?"

"그렇지! 근데 너는 잘하더라. 나 안 닮아서."

당신을 닮지 않았다는 말을 어쩌면 그렇게 반갑게 하시던지.

울산에서 살았던 동안 몇 안 되는 기억 중 하나는 툇마루에 배 깔고 누워서 일일 학습지를 한 것이다. 내가 연필로 쓰면 엄마는 그 위에 빨간 동그라미를 쳤다. 그때마다 엄마는 동그라미처럼 활짝 웃었다.

툇마루 기둥에 학습지 꽂는 종이로 된 함이 있었다. 오전 어느 시간에 학습지가 배달되면 점심을 먹기 전에 일일 학습지를 해야 했다. 얼마나 틀렸는지 잘했는지는 기억나지 않고 그걸 빨리 끝내고 골목에서 놀 생각에 애가 탔던 것 같다.

이야기가 이쯤 되면 내 아이들이 등장할 차례다. 나는 아이들에게 동그라미를 얼마나 했었나? 동그라미처럼 아이들에게 웃어 주었나? 동동거리며 대충 푼 문제를 눈감아줬는지 돌아보았다. 이렇게 엄마와 아빠의 이야기를 듣다 보면 반성으로 이어지는 경우가 많다.

내 아이들의 마음을 가늠해보았다. 이 숙제를 얼른 끝내고 게임을 할 생각으로 가득 찬 아이에게 한쪽만 더 풀라고 하면서 실망을 안기진 않았는지….

기억은 안 나지만 그렇게 하지 않았을까 미루어 반성했다. 아이들에게 동그라미처럼 웃는 엄마로 기억되고 싶다. 당장 오늘부터 눈 감는 연습을 시작해야겠다.

척과 국민학교 졸업 기념

목수와 그의 아내

11 낙규네 밀떡

"엄마! 지난번에 척과 국민학교 동창 모임 우리 집에서 했을 때 있잖아. 그 아저씨. 엄청 목소리 컸던 그 아저씨~"

"아~! 낙규~!"

경상도 사투리를 거침없이 쓰는 낙규 아저씨의 말씀은 대부분은 못 알아들었다. 하지만 반가움이 넘치게 들어 있다는 것만은 알 수 있었다.

낙규 아저씨네는 동네 입구에 살았고, 너무나 가난해서 신발도 제대로 못 신고, 밥도 잘 못 먹고 다녔다고 한다. 그런 낙규 아저씨네를 엄마는 아침마다 학교 가는 길에 꼭 들렀다고 했다.

"왜?"

"낙규네 집에 밀떡이 그렇게 먹고 싶었거든."

"아니~ 엄마! 외갓집이 동네에서 농사도 많았다면서? 그런데 밥을 왜 남의 집에 가서 얻어먹었어?"

"아니~ 그게~ 우리 집에는 쌀밥을 먹는데, 낙규네는 보리밥 위에 사카린 넣은 밀가루 반죽을 얹어서 익혀 먹는 거야. 그 밀떡을 아침마다 먹더라고. 그게 그렇게 맛있었거든."

"낙규 아저씨네서 엄마 하나도 안 반가웠겠다."

"그러게 말이야. 그때는 그게 왜 그렇게 먹고 싶었는지 몰라."

밀떡 생각이 났는지 엄마는 잠시 이야기를 멈췄다 말을 이었다.

"그래도 우리 큰아버지가 '난네 아지매' 엄청 챙겨줬어."

"'난네 아지매'가 누구야?"

"낙규 즈그 엄마. 밥때가 되면 큰아버지가 '난네 오라 그래라~' 하셨어. 그래서 밥도 주고, 술도 주고, 명절도 챙겨주고 그랬지."

"엄마는 가서 밀떡 먹고, 아줌마는 오셔서 밥 먹고 그랬네?"

"그래서 낙규가 지난번에 와 가지고 그랬어."

엄마의 성대모사.

"세상에~ 분순이 니는 드레스 입고, 치마 잘잘~ 끌면서 안방 마님으로 살 줄 알았는데. 니가 이렇게 농사짓고 살 줄은 증말로 몰랐데이~ 내 진짜로 놀랬다!"

엄마 말로는 낙규 아저씨가 은근슬쩍 아빠를 째려봤다고 한다. 낙규 아저씨는 '진짜로 놀랬데이~'를 몇 번이나 되뇌며 고개를 절

레절레 흔드셨다. 혹시 그때마다 아빠의 마음은 따끔따끔 찔렸을

까?

12 열네 살 자취생

엄마 사진첩을 보던 중 중학교 입학 사진은 있는데 졸업 사진이 없다는 걸 알았다.

"엄마~! 입학 사진은 있는데 졸업 사진이 왜 없어?"

"입학은 했는데 졸업을 안 해서 그렇지. 1학년 방학 때 소 데리고 나갔다가 뱀에 물려서 많이 아팠어. 그때 외할머니가 셋째 딸 먼저 보내는 줄 알고 많이 놀라셨었지. 그리고 며칠을 앓다가 일어났는데 학교고 뭐고 다 싫은 거야. 그래서 안 갔지."

뱀에 물려 쓰러진 걸 머슴이 업고 집으로 냅다 달렸다. 왕진 온 의사에게 치료를 받고 한 달이 넘어서야 일어난 분순이는 집에만 있고 싶었단다. 학교 가기가 왜 싫었냐고 물었다.

"학교는 왜 가기 싫었어?"

"척과 국민학교 졸업한 여자애들 중에 복식이랑 나랑 딱 둘이 중학교에 간 거야. 근데 학교가 머니까 자취를 했었어."

"복식이 아줌마랑 둘이?"

"아니. 복식이는 친척 집에 있고, 나만 혼자."

"열네 살짜리가 혼자 살았다고?"

"그러니까~! 밤에 너무 무서운 거야~ 밥은 할 줄 알았겠어? 석유 곤로를 언제 써 봤어야지! 밥이라도 한 번 할라치면 온 방바닥이 다 시커메지는 거야. 기름칠에 미끄러지면서. 금요일에 학교 끝나고 30리 길을 걸어서 척과에 도착하면 일요일이 영영 안 왔으면 좋겠드라고.”

“외할머니는 뭐라셨어? 일요일에 엄마더러 가지 말라고 안 하셨어?”

“공부는 해야 된다고 나를 보내시더라. 그래도 할머니가 엄마 몸 상할까 봐 일요일마다 주걱 떡을 해서 주셨어. 주걱 떡이랑 교복이랑 멸치조림, 김치, 쌀 두 되를 일요일마다 둘러메고 30리 길을 또 걸어가는 거야.”

“아고고~ 우리 엄마 짠해서 어떡해!”

“언니들은 왕할머니 때문에 못 보내고, 엄마는 그나마 할머니가 돌아가셨을 때니까 공부 더 하라고 보낸 거지.”

“엄마~ 나 같았으면 중학교고 뭐고 안 보냈을 것 같아. 외할머니 진짜 대단하시다! 그 쪼그만 애가 자취를 어떻게 해~ 세상에! 잘 안 갔어!”

“그니까! 아프고 일어났더니 아무 생각도 안 나고 그냥 집에만 있고 싶더라고."

"그런 일이 있었구나~!"

"그래서 너 대학교 원서 쓸 때 멀리 간다고 해서 내가 그 학교 반대한 거야. 그때 생각나서. 나 자취했던 거. 공부고 뭐고 아무 생각도 안 났어. 그냥 네가 그 멀리서 혼자 밥해 먹고, 혼자 빨래 할 생각하니까 너무너무 싫더라고. 그 학교 안 보내길 진짜 잘했지."

엄마 말을 들으니 고3 때가 생각났다. 엄마가 담임 선생님에게 "우리 애는 집에서 다닐 수 있는 대학교에 갔으면 좋겠습니다." 라고 했던 그 모습이 생생하게 떠올랐다. 고리타분함을 넘어서는 이상한 말이었다. 집에서 다닐 수 있는 대학이 뭘까? 대학교가 초등학교도 아니고 근거리 배정 원칙이라도 있단 말인가? 엄마의 뜻이 관철되었는지 아니면 우연이었는지 여하튼 나는 집에서 대학을 다녔고, 직장도 마찬가지였다. 집을 벗어날 생각은 아예 하지 않았던 것 같다. 상상 불가.

　어학연수도 가려고 했었는데 간다고 말만 했던 것 같다. 우선 비행기를 탄다는 생각만으로도 내 속은 울렁거렸고, 집을 떠나 바다를 건너간다고 생각하니 머리가 하얘졌다. 엄마 예전 별명이 벌벌이였다더니 그걸 내가 물려받았나 보다. 자취하지 않았어도, 외국물 먹지 않았어도 지금 이렇게 잘살고 있다고 엄마와 쿵짝을 맞추며 저녁을 지었다. 하지만 속으로는 내 아이들은 나를 닮지 말았으면 하는 생각을 했다. 나는 겁이 많아 안 하는 것보다 못 하는 것이 훨씬 많았다. 그래서 후회되는 것들이 있다. 아이들은 후회 없이 반짝거리는 삶을 살았으면 좋겠다. 도전과 실패와 성공과 그 중간 무엇이라도 안 하는 것보다는 하는 것이 낫다. 그 과정에서 얻어지는 수많은 보석은 아이들의 인생을 더 빛내줄 것이기 때문이다.

울산 여자중학교 친구들

목수와 그의 아내

13 오열이 아재가 소 이끼리를 잡고

엄마에게 중학교를 그만두고 집에 있으면서 심심하진 않았냐고 물었더니 전혀 그렇지 않았다고 한다. 농사가 많았던 집에서 일손이 하나 더 있다는 건 큰 도움이었으니까. 심심하기는커녕 오히려 분주했다고 한다. 해가 뜨거운 날이면 새벽에 나가서 일하고 들어와 아침을 먹는데 열다섯 살 분순이가 아침 담당이 되었다. 일꾼들이 새벽일을 마치고 돌아오는 시간에 맞춰 아침상을 차리는 책임을 맡았다.

어린 나의 엄마는 이른 밥상을 차리기 위해 아침 일찍 눈을 떴다. 눈을 뜨고 벌떡 일어났다가 아직 새벽 시간인 걸 확인하고 잠깐, 아주 잠깐만 눕기로 했다. 하지만 그 잠깐은 너무나 길었고 눈을 다시 떴을 때는 아침상을 찾는 일꾼들이 마당을 서성이고 있었다고 한다. 그날 열다섯 살 우리 엄마는 혼쭐이 났다.

어느 날인가는 면에 나갔다가 돌아오는 길에 버스 정류장에서 버스가 출발은 못 하고 소란스럽기만 해서 무슨 일인가 싶어 가까이 가보았더니…. 버스 옆에는 누런 소가 바싹 붙어서 '음매~ 음매~' 울고 있었고, 차장은 고래고래 소리를 지르고 있었다고 했다.

"오열이 아재가 소 이까리를 잡고 버스를 탄다고 고집을 부리고 있더라고!"
"이까리?"

"소고삐!"

"아~"

"그래서 탔어? 소랑?"

"타기는~! 차장이 내리라고 소리를 지르고, 소는 옆에서 '음매~' 하고 울어대고 난리도 아니었지."

"소도 태우겠다는 거였어?"

"술이 취해서 소 태우고 가겠다고 아재가 한 손에는 버스 손잡이를 잡고, 다른 손에는 이까리를 잡고 차장하고 막 싸웠었어."

"그래서?"

"그다음은 기억이 안 나."

그다음이 기억나지 않는 엄마의 이야기들은 들어도 들어도 재미있다. 나에게도 이런 화수분 같은 이야기들이 있을까? 나의 아이가 내 앞에서 이렇게 이야기를 들어줄까 하는 생각을 했다. 내가 지금 내 아이들만 했을 때 나는 엄마와 대화를 거의 하지 않았던 것 같다. 오고 가는 말이라고는 돈을 달라고 했고, 돈의 용도를 묻는 엄마에게 '문제집'이라면서 뒷말은 뭉턱 잘라버렸다. 내 아이들은 말 대신 문자메시지를 보낸다. 잔액이 부족하다고.

사춘기 아이들과 소통이 부족한 것 같아 불안했었는데 생각해보니 지금 아이들은 나에게서 점점 멀어졌다가 최대치까지 도달한 후 다시 나에게로 올 것이다. 마치 타원의 궤도를 돌고 있는 행성처럼 말이다. 아이들이 장축의 꼭짓점까지 갔을 때 내가 최대한의 중력으로 그들을 붙잡고 있어야 다시 단축으로 돌아올 수 있다.

엄마가 나에게 했던 것처럼. 장축의 궤도에 막 들어선 막내부터 둘째와 큰아이는 순서대로 멀리 가 있다. 주의할 점은 아이들이 아직 장축의 꼭짓점에 이르지 않았다는 것이다. 장축의 꼭짓점에 이르러 엄마와 아빠가 보이지 않더라도 보이지만 않을 뿐이지 강력한 중력으로 붙들고 있다는 것을 알았으면 좋겠다. 아이들을 붙들고 있는 밧줄은 절대 끊어질 리 없다. 부모니까.

14 눈이 부시니까 선글라스를 썼지

엄마의 옛날 사진을 보다가 친구들이 일렬로 앉아 있는데 유독 한 사람만 선글라스를 끼고 있는 모습이 의아했다. 나는 엄마에게 선글라스가 누구냐고 했고 엄마는 당연한 걸 묻는다는 눈빛으로 나를 보았다.

"설… 마…. 선글라스가 엄마야?"

"맞아. 나야."

"엄마. 선글라스 왜 썼어?"

"눈이 부셔서."

"동네에서도 쓰고 다녔어?"

"시커먼 안경 쓰고 다닌다고 큰아버지한테 한 번 걸려서 얼마나 혼이 났는지 몰라. 진짜 크게 혼났어."

"그래서? 그러곤 안 썼어?"

"아니~ 계속 쓰고 다녔는데?"

"왜?"

"눈이 부시니까."

엄마의 당당함이 마치 어제 있었던 일처럼 느껴졌다. 그러고 보니 내 동생이 엄마를 닮았나 보다. 나는 추우면 긴팔 입고, 더우면 반소매 입는 사람이다. 하지만 동생은 나와 영 딴판으로 스타일을 무척이나 추구하는 거로 봐서 엄마를 많이 닮은 것 같다.

척과에서 추수를 마치고 나면 외할머니는 엄마에게 "분순아~ 옷도 사 입고, 친구들 만나서 놀다 오니라~"라고 하시면서 용돈을 주셨다. 그럼 친구들과 여기저기 많이 다녔다고 한다. 친구들과 어울리는 모습 중 산속에서 옹기종기 모여 뭔가를 먹고 있는 것도 있었다.

"여긴 어디야?"

"척과 뒷산. 여기서는 아무리 떠들어도 동네 사람들이 아무도 몰랐거든."

"뭘 먹는데?"

"라면 처음 나왔을 때 솥단지 걸어놓고 끓여 먹었어. 신기하다고."

"엄마는 얼리어답터였어?"

"그게 뭐야?"

얼리어답터는 뭔지 모르지만, 라면이라는 신기한 물건을 놓칠 수 없었던 엄마는 친구들과 뒷산에서 솥단지 걸어놓고 끓여 먹었다고 한다. 동네에서 처음으로 시식하는 라면은 물을 너무 많이 부어서 싱거웠지만 재미있게 먹었었다고 한다. 배시시 웃는 엄마는 50년 전으로 타임 슬립한 것 같았다.

"아이고…. 야들은 다들 어데서 뭐 하고 있노~"

큰아버지에게 동네가 떠나가도록 혼났어도 선글라스를 포기할 수 없었던 나의 엄마는 멋쟁이였나 보다.

새로 나왔다는 라면을 끓여 먹기 위해 동네 뒷산이라도 올라가서 솥을 걸었던 나의 엄마는 황소고집이었나 보다.

그래서 동생이 멋을 그렇게 부려도, 내가 뜻을 꺾지 않고 고집

을 부려도 엄마는 알았다 하셨나 보다. 나도 그래야겠다. 아이들
이 앞머리를 커튼처럼 내려도, 이해하지 못할 굿즈를 살 때도, 웹
툰을 끝까지 보겠다는 고집을 부릴 때 엄마도 그랬고 나도 그랬
으니 아이들도 당연히 그럴 것이라는 이치를 알아먹어야겠다.

방어진 일산 해수욕장

척과 뒷산에서 라면 끓여 먹던 날

우리 엄마 분순이는 척과 기와집 셋째 딸이다. 보지도 않고 데려간다는 셋째 딸. 우리 엄마가 살던 척과는 뒷산으로 넘어가면 부산이고, 앞산 너머는 울산이다. 부산과 울산 사이의 산속 마을에 박씨 집성촌이 있다.

그래서 내가 어렸을 적에 외갓집에 가면 동네에 들어서면서부터 인사를 했다. 한 집도 그냥 지나치는 일이 없다. 동선이 꼬여

깜빡했다면 다시 돌아와 신발 벗고 방 안에 들어가서 할머니 손을 잡고 한참을 안부를 여쭤야 했다. 이웃사촌이 아니라 진짜 사촌들이 모여모여 살고 있었으니 남이라고 할 수 있는 집이 없었다.

"아이고~ 분순이 아이가~! 은제 왔노? 니는 누고? 야가 미칼라가? 아이고야~ 길에서 만나믄 몬 알아보겠다. 니는 이가 아들이고, 니가 그 짬보가!"

우리 엄마는 분순이, 나는 미카엘라, 남동생은 이씨니까 이가 아들, 막내는 너무 울어서 유명한 짬보였다. 이렇게 외갓집은 우리만 갔다 하면 동네가 떠들썩했다. 하지만 이건 분명히 나의 기억이므로 내 중심으로 저장되었을 가능성이 크다.

어렸을 적 기억에 우리는 척과에서 굉장히 환영받는 존재였다.

외할머니만 그런 것이 아니라 동네의 모든 할머니와 할아버지와 아저씨와 아주머니들이 알아보시고, 옆집 앞집 언니 오빠들이 우리를 데리고 산으로 냇가로 놀러 다녔던 기억이 있다.

"느그가 이스방네 아~들이가?"

동네 어른들 말씀을 번역하자면 '너희들이 이 서방네 아이들이구나. 잘 왔다. 반갑구나. 많이 먹고, 즐겁게 놀다 가렴.'이다. 지금 생각해보면 비단 우리가 아니었더라도 그러셨을 분들이다. 누군지 모를 수가 없는 동네니까. 그런 동네에서 자라서 그런지 우리 엄마는 매사에 긍정적이고 천성이 밝다.

나의 아이들도 그렇게 크고 있을까? 매사에 긍정적이고 천성이 밝은 아이로? 척과에서 큰 우리 엄마처럼? 척과처럼? 그러려면 우선 우리가 마을 입구에서 신발 벗고 한 집 한 집 들러서 인사를 했던 것처럼 가족들과 이웃에게 정성스레 안부를 물어야 할 것이다. 오늘부터 정성 한 스푼 더해서 인사를 해야겠다.

목수와 그의 아내

목수와 그의 아내가 되다

16 칠월칠석

1974년 8월 23일.

지독하게도 가난했던 나의 아빠. 도마교리에서 농사짓고, 집 짓던 청년이 어머니와 함께 기차를 타고 부산으로 갔다. 맞선 보러. 그리고 그때나 지금이나 순진한 나의 엄마. 척과에서 스무 살 넘어까지 엄마 곁에서 살다가 집안 어른이 소개해주는 남자를 만나러 부산으로 갔다. 맞선 보러.

엄마와 아빠가 맞선을 본 장소는 부산 큰이모 집이었다. 당시 큰이모네는 시내 양옥집이었는데 아빠는 그 집이 정말 좋았다고 말씀하셨다.

"그때 니네 이모 집이 대궐 같았어. 정말 좋더라."

"집이? 동네가?"

"도마교리 촌구석에서 연산동 양옥집에 갔으니 뭐든 다 좋아 보였지!"

"그렇게 좋은 집에서 만난 엄마는 어땠어? 첫눈에 반했어?"

"니네 엄마 손목을 딱 잡았는데 부러질 것 같더라고. 아~ 나는 그게 너무 좋았어. 진짜 뿌듯하더라니까!"

맞선을 위해 나서는 길에 나의 할머니와 아빠는 무슨 생각을 하셨을까? 모르긴 몰라도 아빠와 할머니 사이에 '모자간에 긴밀한 합의' 같은 건 없었을 것이다. 각자 다른 생각을 하고 있었으리. 할머니는 며느리에 대한, 아빠는 아내에 대한 상상을 하셨겠지.

이모 입장에서 보면 제부가 될 사람을 만나는 자리였다. 그러니 얼마나 자세히 관찰했을까! 게다가 안사돈 될 분이 활짝 활짝 웃으시며 머뭇거리지 않고 말씀하시는 모습이 인상 깊으셨는지 이모는 아직도 우리 할머니를 '변호사'라고 하신다. 엄마는 너무 부끄러워 옆방에 나와 있었고, 안방에서 할머니와 아빠와 외할머니가 만나셨다. 이모는 이런 상황을 엄마에게 중계방송하는 역할.

"야야~ 느그 시어머니 될 사람은 변호사고, 느그 신랑 될 사람은 얼음에 자빠진 황소 눈을 가지고 왔드라~~!"

아빠의 큰 눈을 '얼음에 자빠진 황소 눈'이라고 비유하신 건 50

년째 우리 집에서 회자되는 문장이다. 어른들끼리 말씀을 나누신 다고 당사자들은 짜장면집으로 가 마주 보고 앉았다. 동네 부잣 집이라고 하지만 척과는 시골인지라 엄마는 짜장면과 초면이었 다. 가난했던 아빠는 말할 것도 없었다. 이걸 어쩌나.

엄마는 부끄러워서 고개도 못 들겠는데 이토록 낯설고 시커먼 양념을 입으로 넣어야 할지 코로 넣어야 할지. 아빠는 처음 보는 여자와 역시 처음 보는 짜장면을 남겨야 할지 말아야 할지. 아무 리 기억을 더듬어도 어떻게 먹었는지 도통 기억나지 않는 짜장면 뒤에는 약혼 사진을 찍으셨다. 사진을 보며 엄마에게 물었다.

"그날 바로 약혼인 거야? 만난 날?"

"옛날엔 다 그랬어."

"아빠 셔츠 엄청 좋아 보이네? 선본다고 사서 입고 가셨나 봐?"

"미칼라! 내가 결혼해가지고 니네 아빠 옷장을 봤는데 나… 너무너무 놀랐잖아!"

"왜?"

"맞선 볼 때 입었던 셔츠도 누구꺼 빌려 입고 왔는지 없더라. 근데 셔츠가 문제가 아니라 팬티도 한 장밖에 없더라고! 딱 입은 거 그거 하나!"

"엥? 그럼 어떻게 갈아입어? 할머니한테 안 물어봤어? 시어머니한테 말이야~"

"할머니는 그런 거 모른대~ 시집와서 보니까 그냥 먹고 사는 거랑 돈 생기면 땅 사는 거. 딱 그거뿐이더라고."

"우아…. 그럼 아빠는 엄마 만나서 말 그대로 출세한 거네?"

"완전히!"

1974년 음력 7월 7일은 우리 아빠 출세한 날이다. 주변에서 칠월칠석에 만났다고 다 잘 살 거라고 했다고 한다. 자그마치 50년 전 일이다. 엄마와 아빠가 처음 만난 날은 그렇게 기억 뒤로 사라

지려다 짜장면과 황소 덕분에 소환되었다. 하지만 으레 옛날이야기를 하다 보면 말이 안 맞는 지점이 있기 마련이다. 신혼살림을 해운대에서 시작한다고 했다는 엄마와 수원에서 시작한다고 했던 아빠는 서로 본인 말이 맞다며 목소리를 높였다. 순간 나는 피식 웃음이 나왔다.

"아니~ 도마교리 건넛방에 신혼살림 차린 거 아니야?"

두 분은 그렇다며 서로 고개를 다른 방향으로 돌려버렸다. 해운대는 아니었지만, 엄마의 승리였다. 아빠 말이 맞다고 해도 수원이라고 거짓말한 셈이니까. 하지만 그때는 도마교리까지 포함해서 다 수원이라고 불렀다. 심지어 외갓집에서는 가끔 우리가 서울 사람으로 묶이기도 했다. 수원과 도마교리는 5km 넘게 떨어진 도시와 시골인데 우리는 '수원 이스방네'였으니 아빠는 우기고 싶었을 것이다. 하지만 엄마는 수원도 아닌 시골에 시집와서 고생한 이야기가 새끼를 꼬고 또 꼬아 멍석이 될 만큼 있었다.

　나는 남편에게 결혼하면서 과장하거나 거짓말한 것이 없었는지 돌아보았다. 아니 그게 아니라 남편에게 그런 것이 없는지 캐물어야겠다고 했더니 엄마가 거짓말이 있으면 결혼 취소할 것이냐고 나에게 물었다. 할 말이 없었다. 그래서 엄마와 아빠, 그리고 우리 부부 모두 지나간 일을 모두 묻고 앞으로 잘 살기로 했다.

결혼하기로 약속한 날

목수와 그의 아내

1974년 11월 7일, 엄마와 아빠가 결혼했다. 스무 살을 갓 넘긴
엄마는 경상남도 척과가 아닌 경기도 군포시 도마교리에서 살게
되었다.

"엄마! 사는 게 그렇게 달랐는데 잘 적응하고 살았어?"

"그래도 좋은 게 있었어."

"뭐?"

“눈.”

“눈? 무슨 눈?”

“내가 언제 눈을 봤어야 말이지. 겨울에 내리는 눈이 너무 신기한 거야. 걸을 때마다 뽀드득 뽀드득 소리도 나고, 눈사람도 만들고.”

11월 7일에 결혼식을 올리고, 원천유원지로 신혼여행을 하고 온 후 바로 김장을 했던 나의 젊은 엄마. 스무 살을 갓 넘긴 엄마는 시집오자마자 김장에 겨울 준비하느라고 혼이 빠진 것 같았다. 정신이 퍼뜩 들었을 때는 눈이 펑펑 내리는 어느 겨울밤이었다고 한다.

“아니~ 자다가 사람이 없어졌으니 내가 얼마나 놀랐겠어! 기겁을 하고 뛰어나가 보니까! 아, 글쎄! 마당에서 니네 엄마가 눈을 꼬옥 꼬옥 밟으면서 뱅뱅 돌고 있더라고. 발이 다 얼어가지고…. 아이고…. 말도 마!"

그때 생각을 하면 아직도 아찔하다며 목청을 높이는 아빠 옆에서 엄마는 그래도 아직 눈이 좋다고, 한겨울 눈 밟는 소리가 그렇게 좋다고 했다. 꼬옥 뽀드득, 꼬옥 뽀드득. 눈이 오면 너무 좋아서 발이 어는지도 모르고 뽀작뽀작 다니다가 새벽이 되면 울었다는 우리 엄마의 얘기에 나는 이야기의 길을 잃을 것 같았다.

"왜? 왜 울었어? 갑자기?"

"미칼라. 생각해봐라. 척과에서만 살다가 천릿길이나 떨어진데 와서 아는 사람 아무도 없이 얼마나 외로웠는지 몰라. 그리고 내가 말 한마디라도 할라치면 동네 사람들이 막 웃는 거야. 경상도 사투리 쓴다고. 그러니까 말도 한마디 제대로 못 하고, 밥도 못 먹고…. 너무 힘들었어. 어느 날은 여기가 어딘가 싶을 만큼 정신이 아득해졌다니까."

말문을 열면 모두에게 웃음거리가 되니 자연스레 입을 닫게 되었고, 부끄러워 밥도 못 먹었다는 나의 젊은 엄마는 결국 허락 반, 가출 반으로 척과로 내려갔다. 그리곤 아내를 뒤따라 울산으로 온 나의 젊은 아빠.

울산에서 젊었던 나의 엄마와 역시 젊었던 나의 아빠는 다시 시작했다. 엄마는 도마교리에서 울었지만, 아빠는 울산에서 울지 않았다. 어떻게 해서든 먹고 살아야 했으니까. 이불 한 채, 쌀 한 자루, 우체국 환 10만 원으로 시작한 울산에서의 신접살림이 고되기는 마찬가지였다.

"미칼라 너 아니었음 내가 이 집 식구 안 됐을 텐데…. 너 아니었음 내가 그때 니네 아빠랑 안 살았어."

"나 때문에?"

"어~ 너 때문에."

"내 덕분이겠지."

"에휴~ 그래. 이렇게 여지껏 잘살게 된 것도 미칼라 덕분이지 뭐. 하하."

안 살려고 했는데 나를 임신했다는 걸 안 순간 마음을 돌렸다고 한다. 안 살고 싶을 만큼 힘들었던 젊은 엄마의 마음을 짐작해 보았다. 사실 도마교리에서 엄마가 말을 잘 못 했던 그 상황을 나도 결혼 초에 겪었다. 경남 밀양 사람과 결혼한 나는 시댁 식구들을 만나면 의사소통이 거의 안 되었다. 그리고 내가 무슨 말을 하면 모든 식구가 나를 쳐다보는 것 같았다. 그래서 말문을 닫게 되었다. 소통을 해야 하는 상황이 생기면 나는 불안해진 눈동자를 남편에게 맞추었다. 그럼 남편이 중간에서 통역도 해주고 조정도 해주었다.

아빠는 그런 역할을 할 새가 없었을 것이다. 농사 아니면 집을 지어야 했으니까. 그래서일까? 엄마와 아빠는 이제 세트처럼 함께 다니신다. 어디 가자고 하면 '니네 엄마는 간다니?' 또는 '니네 아빠는 가신다니?'라고 되물으시는 부모님을 보면서 우리 부부의 미래를 짐작해보았다. 이런 걸 노후준비라고 하나 보다. 우리 부부는 부모님을 따르는 노후준비를 하고 있다.

목수와 그의 아내 결혼식

18 코끼리 밥솥

1974년에 우리나라에 무슨 일이 있었는지 궁금하지 않지만, 엄마와 아빠가 결혼하고 나서 어떻게 지냈는지는 정말 궁금했다. 이것저것 묻다가 혼수에 관한 이야기가 나왔고, 엄마가 혼수로 해온 것 중에 코끼리 밥솥은 잘 사용하지 못했다고 한다.

"왜? 할머니 밥솥이 더 좋았나?"

"좋기는~! 가마솥에 밥해서 먹었는데!"

"근데 왜? 코끼리 밥솥 되게 유명한 거 아니었나?"

"밥솥에 밥을 아무리 안쳐도 안 되는 거야! 이상하다~ 이상하다~ 하면서 결국 구석으로 밀려난 거지."

"고쳤어?"

"나중에 알고 보니 취사 버튼을 안 누른 거였어."

"뭐?"

"손가락으로 딸각 눌러야 하는데 그걸 안 누르니 밥이 될 리가 있나!"

그리곤 나중에 코끼리 밥솥을 사용했니 못했니로 또 두 분의 기억이 달랐다.

그뿐만 아니라 건넛방 이불 속에서 참외를 먹었다는 엄마와 알밤을 먹었다는 아빠가 있었다. 오드득 아드득 소리를 냈다는데 그게 참외인지 알밤인지 알아낼 길이 없었다.

부부의 기억은 왜 다를까?

엄마는 낯선 곳에서 적응하느라 신경이 잔뜩 곤두섰을 것이고, 아빠는 익숙한 곳이지만 아내와 함께 하는 생활에 역시 예전 같지는 않았을 것이다.

서로 익숙해지기까지 얼마나 많은 기억의 왜곡이 있을까? 수많은 왜곡에도 불구하고 엄마와 아빠는 어떻게 합을 맞추며 살아왔을까? 결혼생활이란 것에 다시 한번 놀라는 순간이었다.

내가 결혼을 한다고 했을 때 많은 사람이 놀랐었고, 결혼을 약속하는 동그란 금반지 외에는 아무것도 하지 않는다고 했을 때 다들 기함을 했었다. 국내 일주로 신혼여행을 떠나며 등산복을 짝꿍 차림으로 맞춘 것이 다였다. 단출한 살림이었고, 둘밖에 없는 식구가 그저 신기했었다. 여기까지 우리 부부의 기억은 일치한다.

큰아이를 임신하면서부터 우리의 기억은 아주 다르다. 아마도 우리는 그때 신경이 잔뜩 곤두선 상태였을지도 모른다. 그래서 그렇게 어색했었나 보다.

예정일보다 한참 일찍 태어난 아기는 중환자실에서 두 달 있었고, 나는 그때 갈가리 찢기는 것 같았다. 남편과 한집에 살았는지조차 기억나지 않는다. 아이가 퇴원하고 나는 더욱더 날카로워졌고 남편은 내 기억 뒤로 계속 숨었다. 아기가 응급실과 입원실을 오가는 동안 나도 생사를 오갔다.

지금 생각해보면 그때 나는 산후우울증이었다. 그래서인지 남편은 보이지 않았다. 내가 나를 돌보기도 벅찼는데 여차하면 응급실로 안고 뛰어야 하는 아기가 내 옆에서 색색거리며 자고 있으니 다른 감정은 담을 수조차 없었다. 세 돌이 지날 즈음 아기는 정상발육 범위의 제일 아래 기준에 턱걸이로 들었고, 나의 감정도 정상 범주에 걸쳤다.

그 아기가 무럭무럭 자라 내 키를 앞지르면서 나는 표현하기 어려운 감정에 휘말렸다. 드디어 내가 해냈다는 뭉클한 감동 같은 것이었다.

그러면서 십수 년 전의 남편이 갑자기 보이기 시작했고, 그 모습은 너무나 작고 안타까운 아이였다. 미안했다. 내가 남편을 그렇게 만든 것 같아 무척 미안했다.

그리고 고마웠다. 아픈 아기를 안고 애타하는 나에게 화를 내지도 충고하지도 않았다. 단지 바라보고 지켜주고 있었다. 그래서 내 기억에 남지 않았었나 보다.

부부의 기억이 다르다는 건 관계의 부침이 있었다는 증거이다.

그 부침을 이겨내며 더 단단한 결속으로 묶이는 것이 우리 부부의 과제였고, 잘 해결해가고 있다는 자신감이 붙는 순간이었다.

목수와 그의 아내

울산에서

19 연탄가스 만난 날

엄마와 아빠가 울산에서 살기 시작하면서 아빠는 돈 되는 일이라면 뭐든 했다. 고려아연 공장 건설 현장에서 일했던 때, 살림이라 해도 별다른 것이 없던 시절, 밥그릇과 숟가락이 전부였던 부엌 바닥에서 아빠가 눈을 떴다.

"아니~! 내가 눈을 떴는데 부엌 바닥인 거야. 그래서 눈을 다시 감았다가 떴지."

"바닥에 왜 누웠어? 장판도 안 깔았을 텐데."

"그러니까. 근데 가만 들어보니 미칼라 니가 막 울고 있는 거야. 아주 숨이 넘어가겠더라구."

평소엔 잘 들리지도 않던 아기의 울음소리가 심상치 않은 것에 정신을 퍼뜩 차린 아빠는 겨우 몸을 일으켜 아내와 아기를 찾아 방으로 들어갔다.

"부엌 바닥에 엎어져 있다가 얼른 니네 엄마부터 찾았지. 방에서 정신을 놨더라구. 아무리 흔들어도 니네 엄마가 깨어나질 않는 거야. 안 되겠다 싶어서 도움을 청하려고 밖으로 기어 나왔어. 거기가 3길 정도 되는 언덕이었는데 내가 거길 굴러서 내려간 거야. 그냥 떨어졌다고 해야지 뭐. 도로까지 엉금엉금 기어나갔더니 택시가 하나 서네? 그래서 잡아 탔지! 그 택시 기사가 도와줘서 니네 엄마랑 너랑 태우고 울산 시내 병원으로 출발한 거지."

문장 뒤에 문장이 바로 이어졌다. 영화로 치자면 아빠는 One-take로 장면을 떠올리고 있었다. 다시 그 상황이었어도 아빠는 내리막을 데굴데굴 굴렀을 것이다. 젊은 부부와 아기를 태운 택시는 울산 시내를 향해 달려가다가 속도를 줄였다.

엄마의 의식이 돌아왔다. 택시 기사님은 세 식구가 모두 정신을 차렸으니 '병원에 안 가도 되지 않겠냐?'라고 하셨고, 아빠는 '그래도 될까요?'라고 되물었다.

병원에 가면 병원비가 어마어마하게 나올 텐데 기사님도 아빠도 그걸 걱정했던 것이다.

나이가 조금 더 많았을 기사님이 먼저 말을 건넨 건 연륜에서 나오는 권유였을까…? 살림이 넉넉하지 않은 신혼부부가 그 돈을 어찌 감당할까 싶으셨겠지. 유턴하며 말씀하시길.

"집에 가서 김칫국 많이 마셔요."

세 가족을 태운 택시가 조그만 집에 도착했다. 연탄가스 만났던 그 집에. 택시비를 내려고 보니 주머니에는 단돈 500원뿐이었다. 아빠는 머뭇거리며 기사님을 바라보았다.

"더 드려야 하는데 이것밖에 없어서 어쩌지요?"
"사람이 살았으니 됐습니다."
"감사합니다."
"살았으니 내가 고맙지요."

그리고 남편과 아내와 아기는 조그만 방에서 더 조그만 밤을 보냈다.

가슴이 먹먹해진다는 것이 이런 걸까? 그때 그 기사님도 감사하고, 아빠도 엄마도 다 고맙고 다행이었다. 이야기하던 아빠도 비슷한 감정이셨는지 먼 데를 바라보며 '그때 미칼라가 안 울었으면 우리는 다 살았지.'라고 하시는데 콧잔등이 시큰거렸다.

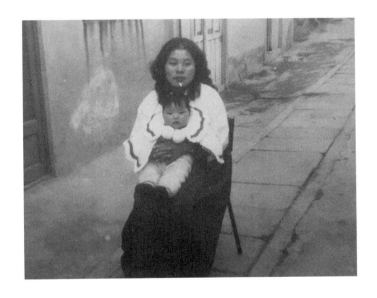

미칼라 백일

아빠가 울산 한진건설에서 경찰신보 사장 집을 지을 때였다.

"건물을 3층까지 올리고 옥상에 합판을 깔자마자 그놈이 시비를 붙더라구!"

아빠는 갑자기 '그놈' 생각이 났는지 목소리가 커졌다. 그놈과 아빠가 옥상에서 마주한 장면을 어찌나 생생하게 말씀하시는지 그림으로 그릴 지경이다. 자신을 스스로 영천 깡패라고 하면서 덤벼드는 그놈을 아빠는 이를 앙다물며 흉내내셨다.

"내가 영천 깡패다! 너 오늘 내가 죽여버린다!"
"이 새끼가! 니가 영천 깡패면 나는 반월 깡패다!"

그러면서 영천 깡패님은 '이따시만 한 톱'을 들었고, 반월 깡패님은 '이따시 만한 통나무'를 들었다고 한다. 서로를 '새끼'라고 부르짖으며 톱을 먼저 휘둘렀고, 아빠는 통나무를 들고 앞으로 돌진했다. 아빠의 통나무가 상대방의 톱에 닿기 직전 영천 깡패는 날 살리라며 톱을 내팽개치고 공사장의 임시 계단으로 후다다닥 내려갔다고 한다.

다리가 안 보일 정도로 도망을 쳤던 영천 깡패를 무찔렀다는 아빠의 무용담은 당연하게 아빠의 승리로 막을 내렸다.

"그래서 어떻게 됐어?"

"다음날 바로 화해했지 뭐."

"에이~ 너무 시시하다. 아니 서로 자기가 깡패라고 막 허세 부릴 때는 언제고 하룻밤 자고 친해질 걸 왜 싸웠대?"

"내가 일을 너무 잘하니까 자기보다 일당을 더 많이 받는 줄 알고 샘이 나서 그런 거지 뭐."

"하긴, 우리 아빠가 일은 분명하게 하는 분이지."

"그날 내가 반장한테 보증 서라고 했어. 누가 맞든지 십 원 한 장 안 물어준다고 보증 서라고 했어."

"그래서 보증 섰어?"

"보증은 무슨 보증이야! 그냥 화해한 거지."

"남자들의 세계는 알다가도 모를 일이야."

진실을 알 수 없는 싸움 이야기가 끝났나 싶더니 아빠는 할 말이 남으셨는지 헛기침을 하고 말을 이었다.

"12개월 일하면서 일당을 11번이나 올려줬어."

"아빠를? 오~ 파격 대우였네!"

"내가 한진건설 들어갈 때만 해도 건설 일은 아주 쬐금밖에 몰랐어. 그런데 일을 하다 보니까 늘더라구."

"아~ 그래서 아빠가 일을 잘했다고~?"

"그렇지!"

상상해보면 영천 깡패도 아빠도 때리지도 맞지도 않았다. 그리고 결론은 아빠가 일을 잘해서 반장이 인정해줬다는 거였다. 그 시절 작업반장이 젊은 나의 아빠를 인정해주었듯 지금 할아버지가 된 나의 아빠에게도 인정이 필요하다는 걸 알았다. 같지만 조금 다른 인정.

어렸을 적 어버이날을 맞아 '아빠 키워주셔서 감사합니다. 사랑해요.'라고 삐뚤빼뚤 쓴 편지는 아빠의 피로를 씻어내는 비타민이었다. 지금은 그런 상큼한 거 말고, 조금 더 묵직하고 깊은 공감과 인정이 아빠를 받쳐줘야 할 것 같았다. 예를 들자면 '나는 아빠처럼 계획을 착착 세워서 일하는 사람이 참 멋지더라.' 내지는 '아빠는 우리를 어떻게 이렇게 키울 수 있었어? 나는 점점 자신이 없어져.' 이런 하소연이 아빠를 곧추세운다는 걸 나는 안다.

더불어 '시간이 지나니 다 되어 있더라.', '너큼만 하면 돼.'라는 대답을 해주는 아빠와 엄마에게 나는 아직도 기대고 있다. 중년의 딸과 노년의 부모가 서로 기대어 서 있는 모습이 오늘따라 가슴 뭉클하다.

21 통도사 노스님

"아빠! 한진건설에서 나와서도 집 많이 지었어?"

"절도 지었지."

"절? 불교, 그 절?"

"통도사에서 정년으로 퇴임한 스님이 계실 절을 지었지."

"울산에서?"

"지금은 하도 변해서 잘 모르겠지만 월평에서 부산 가는 산속 어디쯤 됐지 아마…?"

"그렇게 깊은 산으로 출퇴근을 어떻게 했어?"

"월요일에 가면 주지 스님이 '왔다 갔다 하지 말고 그냥 여기서 자.' 하시는 거야. 그러면 절에서 주말에나 내려왔어."

"일꾼들 모두 다?"

"일꾼이 어딨어~? 미칼라! 절이고 성당이고 아무나 가서 일하는 거 아냐~"

1977년도에 20평 남짓한 절을 지으면서 아빠는 스님 두 분과 몇 달을 동고동락하셨다. 한 분은 노스님이고, 다른 한 분은 노스님과 함께 지내시는 젊은 스님. 젊은 스님은 밥도 잘하시고, 일도 잘하셨다고 하는 걸 보니 아빠랑 코드가 잘 맞는 분이셨나 보다.

남자 셋이 한 방에 나란히 누워 도란도란 이야기를 나누는 모습이 그려졌다. 경건히 기도하는 곳인지라 일 좀 한다고 다 하는 게 아니라 할 만한 사람에게 맡긴다고 설명하면서 아빠는 무릎을

탁! 쳤다.

"아~! 내가 그때 절 짓다가 고백성사를 봤다니까!"

"고백성사? 왜? 갑자기?"

"절을 다 짓고 부처님 좌대를 만들어야 하는데 아무리 생각해도 그걸 만들면 죄를 짓는 것 같은 거야…."

"그래서 신부님한테 여쭤봤어?"

"그렇지. 그랬지. 이만저만해서 부처님 앉으실 좌대를 마련해야 하는데 큰 죄가 되겠냐고…."

"그래서 신부님은 뭐라셨어?"

신부님이 하신 말씀.

"형제님. 그거는 절대로 죄 안 됩니다. 스님께서 원하시는 대로 해드리고 돈 많이 버세요. 이왕이면 '천주교 신자가 멋있게 잘 만

들어줬다.'라고 소문날 정도로 만드셔야 합니다. 껄껄껄."

신부님의 지혜로운 대답에 나까지 감동했다. 그래서 그 신부님 성함이 무어냐고 물으니 아빠는 그 옛날을 어떻게 다 기억하냐고 퉁을 놓았다.

이름은 기억나지 않지만 한참 젊었던 그 신부님의 혜안으로 아빠는 죄책감 대신 천주교 신자라는 자부심을 느꼈다. 스님이 원하시는 대로 멋있는 좌대를 만드셨다고 하는 아빠의 눈이 반짝거리는 것 같았다.

이렇게 반짝거리는 눈을 만날 때면 나는 마음이 따끔거린다. 고단한 목수 일과 끊이지 않는 농사로 손가락 마디가 퉁그러져서 파라핀 치료기를 달고 살아야 하는 아빠는 몸이 예전 같지 않다시며 작은 한숨을 쉬신다. 지금 몸이 예전 같으면 그게 더 이상한 거라고 위로를 건넸지만, 아빠에게 접수되지 않는 말이었다.

나이가 든다는 건 늙어가는 몸에 마음을 맞춰가는 건 아닐까? 예전처럼 신나게 일하면서 뿌듯했던 그 마음은 벌써 저 앞에 가고 있는데 덜그럭거리는 몸이 따라가질 못해 마음에게 '좀 기둘려봐~ 내가 관절염이 생겨서 말이야.'라고 말하는 것 같다. 이 순간 마음은 둘 중 하나다. 신경질 내며 몸에게 빨리 오라고 재촉하거나 아님 몸에게 박자를 맞추거나. 박자를 잘 맞추면 아름다운 음악이 되는 것처럼 내가 나의 몸과 마음을 잘 연주했으면 좋겠다. 쿵. 짝. 쿵. 짝.

22 형님, 저 사우디 갑니다!

시골서 농사짓던 아빠는 결혼하고 건설회사에서 기술을 배웠고, 그렇게 실력을 쌓은 뒤 울산에서 인테리어 사업을 시작했다. 말이 좋아 사업이지 직원 하나에 사장 하나 있는 작은 가게였다.

"고 서방 친구를 소개받았어. 이름이 뭐더라…. 김병태! 김병태였어!"

"일은 잘하셨어?"

"그럼~! 그 친구랑 그러니까 지금으로 말하면 인테리어 전문점을 한 거지. 둘이서."

"두 분이 어디를 그렇게 꾸미셨어?"

"할 수 있는 건 다 했지. 양화점, 양복점, 미장원, 이발소⋯. 일 들어오는 건 다 했어. 더 많이 하고 싶어서 다른 사람보다 싸게 했어. 그래서 더 바빴지."

나는 아빠가 품값을 적게 받거나, 견적을 낼 때 엄청나게 고민하는 모습을 본 적이 있다. 아빠는 나무 하나를 사더라도 아낌없이 요리조리 효율적으로 사용하고 싶어 했다. 그래야 자재비 절약해서 주인도 좋고, 아빠도 좋을 수 있으니까.

"그 시절엔 울산에 목수 오야지가 10명 있었는데 내가 제일 어렸어."

"아니, 아빠, 그럼 울산 공사를 그 열 분이 다 하신 거야?"

"그렇다고 할 수 있지."

"그럼 목수들끼리 엄청 친하셨겠다."

"1년에 한 번씩 태화강 옆에 대숲에서 소 한 마리씩 잡아서 먹었지."

"태화강? 대숲? 그거 불법이잖아?"

"미칼라~ 그때는 다 그랬어~ 대숲에서 돼지 잡고, 소 잡고 그랬어."

"지나가는 사람도 있었을 텐데?"

"경찰이 어쩌다 지나가면 사이좋게 나눠 먹는 거지. 허허허."

그렇게 인테리어 이 사장은 열심히 일했다. 하지만 좀처럼 나아지지 않는 형편이 다른 곳으로 눈을 돌리게 했다.

이제 막 서른이 된 이 사장은 사우디에 가면 돈을 더 벌 수 있다는 소문을 들었다. 가만있을 수 없었다. 망치 들고 못질하는 거라면 자신 있었다. 그곳에 가보기로 마음먹었다.

"형님, 저 사우디 갑니다."

막내 사장의 이 한 마디에 형님 사장들은 하나같이 뜯어말렸다.

"어이~ 이 사장! 너 거기 가면 병 걸려서 진짜 큰일 나!"

"사우디 모래 먹고 병 걸리면 낫지도 않는다고!"

"이 사장! 내가 일은 얼마든지 물어다 줄게. 사우디는 가지 마라!"

결국, 아빠는 사우디에 안 가셨다. 하지만 못 가신 건지도 모른다. 금성빌딩 앞에 있는 대림건설에서 사우디 가는 시험을 봤는데 떨어졌다고 한다. 그래서 정확하게 말하자면 못 가신 것이 맞다. 하지만 나는 아빠의 '안' 갔다는 말씀을 바로잡지 않았다.

그냥 아빠가 계속 우리와 함께 산 것이 다행이고 좋았다. 우리 아빠가 계속 목수일 수 있었으니까. 나는 아빠의 땀 냄새도 좋았고, 아빠의 망치질 소리도 좋았다. 망치로 못을 박을 때 일관되게 땅. 땅. 땅. 내리치면 절대 안 된다고 아빠가 알려주셨다.

아마 다섯 살 즈음으로 기억한다. 대못을 엄지와 검지로 야무지게 잡고 망치를 따당. 따당. 따당. 때려야 한다고 시범을 보이셨다. 얼핏 덩실 더덩실, 덩실 더덩실. 춤을 주는 장단 같았다.

부모의 냄새와 소리로 아이들의 마음을 사로잡는다는 것이 얼마나 힘든 건지 나는 이제 알아가고 있다. 사춘기 아이들을 키우면서 아이들 마음이 아니라 내 마음 바로잡기도 벅차다. 그런데 도대체 아빠는 어떻게 아셨을까? 꼬마 미칼라의 마음을 사로잡

은 아빠의 망치 소리는 따당 따당 지금도 뇌리에 선명하게 울린
다.

울산 목수들

23 미칼라, 포대기 꽉 잡아!

엄마는 20대, 아빠는 30대 초반, 내가 통통 뛰어다닐 무렵. 울산에서 도마교리까지는 너무나 멀었던 시절이다. 시외버스와 기차와 다시 버스들을 갈아타고 걷고 기다리다 보면 한나절이나 걸리는 먼 곳이었다.

"엄마~ 너무 멀어서 자주는 못 다녔겠다. 그치?"

"미칼라! 생신 두 번, 모내기, 가을 할 때, 명절 두 번. 그럼 여

섯 번이지? 1년에 최소 여섯 번은 울산에서 도마교리를 다녀야
했어.”

“기차 탔던 기억은 나.”

“기차 올라타면 그때부터 현태는 먹기 시작하는 거야. 그 간식
차. 그거 온다고 저쪽 칸에서 문 여는 소리 들리면 벌써 통로에
서가지고 기다리는 거야.”

“사주지 말지 그랬어!”

“안 사주면 안 보내는걸?”

“나도 많이 먹었나?”

“현태가 먹으니까 같이 먹는 거지 뭐.”

“부라보콘 먹었던 거 기억나.”

“너네가 기차에서 먹은 돈이 울산에서 도마교리 가는 차비랑
똑같았어.”

“우리 엄마 그때부터 통 컸네!”

“울산에서 출발해 가지고 동대구 ~ 수원역 ~ 도마교리까지 오

면 하루 종일이야. 아침에 출발하면 밤에 도착했으니까."

"아빠랑 같이?"

"아니~ 나 혼자. 현태 포대기 업고, 너 걸리고 해서 다닌 거
지."

그 먼 길을 남편도 없이 얼마나 힘들었을까. '어머니~ 저 이번
에는 못 가겠어요.' 그 말이 그렇게 어려웠을까…. 생각해보니 나
도 그 말이 어려워 1년에 여섯 번 이상을 갔었던 며느리다. 나는
내 차를 타고 다녔지만, 엄마는 애 둘을 데리고 기차, 버스에서
얼마나 힘들었을까 싶었다.

"한 번은 너네 할머니가 이것저것 싸주신 거 이고 지고 간다고
양손에 보따리를 들고 기차를 탔어. 자리 찾아서 옆 칸으로 옮겨
가려고 하는데…. 그거 있잖아! 기차 연결하는 통로. 지금은 안전
하게 되어 있지만, 그때는 쇠사슬이 양쪽으로 하나씩 걸쳐져 있

었어. 참 위험했지."

"위험했을 것 같아. 완전 바깥인 거잖아."

"문 열고 나가는데 바람이 벼락같이 부는 거야. 그럴 때는 사람도 막 날아가거든. 그래서 내가 너한테 그랬지."

그러면서 엄마는 나의 눈을 똑바로 맞추고 그때처럼 말했다.

"미칼라. 포대기 꽉 잡고 따라와!"

엄마는 포대기 매는 시늉을 했다. 그러면서 옷섶을 내보이며 '여길 잡으라고 했다.'라고 다시 한번 강조했다.

"그리고 한 발 내디뎠는데 맞은편에서 기차가 지나가는 거야. 맞바람이 불어서 내 몸이 휘청했어. 순간적으로 니 생각이 나는 거야. 그래서 '미칼라!' 하고 불렀는데 니가 없는 거야!"

엄마는 아직도 그 생각만 하면 등에 땀이 날 지경이라고, 정말 놀랐었다고 했다.

"너를 부르면서 오른쪽을 보니 니가 없는 거야. 하늘이 무너지는 것 같았어. 다시 '미칼라!'를 부르면서 너 찾는다고 오른쪽으로 한 바퀴 돌았지. 그래도 니가 없어서 정말 아휴…. 앞이 캄캄한 거야."

철커덩. 철커덩. 달리는 기차에서 엄마의 가슴도 철커덩거렸을 것이다. 이깟 콩이 뭐라고. 풀때기가 뭐라고 애를 놓치나…. 하는 자책과 탄식으로 땅이 꺼졌을 것이다.

"그런데 그 순간 니가 '엄마~ 나 여기 있어!' 이러는 거야!"

실상은 이랬다. 엄마는 나에게 포대기를 꽉 잡고 있으라 했으니, 나는 꽉 붙잡고 있었고, 엄마가 오른쪽으로 도니 나도 돌 수 밖에 없었다.

엄마가 도니 포대기를 잡은 내 손을 따라 나도 오른쪽으로 움직였고. 나는 엄마보다 한 발짝 뒤에서 오른쪽으로 돌았으니 엄마가 나를 보지 못한 것이다. 엄마도 돌고~ 나도 돌고~

"아휴…. 너 보고 등줄기에 식은땀이 쭉 났다니까!"
"헤헤. 나는 기억 안 나는데~"
"내가 그 뒤부터 짐이라고는 달랑 기저귀 가방 하나만 들고 다녀. 절대로! 암것도 안 들고 다녀!"

여러 번 들은 이야기지만 들을 때마다 박진감이 넘쳤다. 엄마는 이야기할 때마다 식은땀을 흘리는 것 같았다.

철커덩 덜커덩. 철커덩 덜커덩. 엄마는 미칼라의 손을 잡고 우
정동에서 도마교리로 기차를 탔고, 다시 도마교리에서 우정동으
로 기차를 탔다.

나의 아이들 셋이 꼬꼬마였을 때 밀양에서 수원까지 12시간 걸
려서 올라온 적이 있었다. 고속도로가 아니라 저속도로였다. 5인
승 소나타에서 5인 가족이 12시간 동안 모두 끙끙 앓았다. 집으로
돌아와 나는 아무것도 하지 못 할 줄 알았는데 아니었다.

시댁에서 싸주신 것들 정리하고, 애들 씻기고 먹여서 재우고,
집안 정리를 대강 한 후 다음 날 있을 강의 준비를 새벽까지 했
다. 지금 생각해보면 무슨 정신으로 했을까 싶지만, 그때는 했다.

엄마 말대로 그렇게 사는 건 줄 알았다. 정신을 제대로 차렸으
면 안 했거나 못 했을 일이지만 제정신이 아니었기에 했던 것 같

다. 그렇다면 이번에도 엄마가 맞았다. 살면서 제정신이 아니어야 하는 때도 있다고 했다. 그래야 물 흐르듯 흘러가는 시간을 통과해 큰 숨 쉬며 이렇게 돌아볼 수 있으니 말이다. 이번에도 엄마가 맞았다.

우정동에서 살 때

목수와 그의 아내

사사리 영광상회

울산 우정동 살 때 여름이면 마당 한가운데 큰 고무 대야를 놓고 그 안에서 물놀이를 했던 기억이 난다.

"우정동 살던 건 기억 나. 그전에는 우리 어디 살았어?"

"반탕골에서 살았지."

"이름도 참. 거기서는 전세로 살았어?"

"전세는 무슨. 10만 원에 3,500원짜리 월세였어."

"3,500원?"

"그렇지. 그리고 돈 벌어서 우정동으로 이사한 거지. 그래 봬도 우정동은 고급 살림이었어!"

"고급이었는데 왜 도마교리로 다시 왔어?"

"니네 할머니가 니네 아빠 없으면 농사일이 안 된다고 수시로 내려오시는 거야. 내려오시기만 하면 눈물 바람이…. 눈물 바람이 말도 못 했어."

"할머니 성화에 못 이겨서 이사 온 거네?"

"이사 온다고 짐을 다 싸서 차에 실었는데…."

"근데?"

"돈이 없어서 출발을 못 하고 있었던 거야. 그래서 어쩔 수 없이 정희 엄마한테 70만 원 빚져서 올라온 거지."

그렇게 엄마, 아빠는 도마교리로 왔다. 도마교리에서의 생활은 넉넉하지 않았고, 힘은 힘대로 들었다.

할머니는 모든 것이 농사일을 중심으로 돌아가길 바랐을 것이고, 엄마와 아빠는 농사 말고도 중요한 것이 있었다.

예를 들면 세 아이. 그리고 장고 끝에 결심을 내렸다. 면사무소가 있는 반월로 나가 아이들을 키우기로 했다.

"반월로 나오려고 땅을 계약했어."
"나 어렸을 때 반월에 살았던 기억은 없는데?"

81년도에 반월 건지미 집터를 샀는데 나중에 보니 가운데 1m 정도 남의 땅이 들어와 있었다고 한다. 집터는 샀는데 집을 짓지 못하는 상황을 알게 되신 할아버지가 반월로 출동하셨다.

"할아버지가?"
"응. 부동산 사장 아부지가 니네 할아버지 후배였거든."

"반월에 선후배 아닌 사람이 어딨어?"

"여하튼 그 사장은 자기 아부지 선배님이니까 아주 쩔쩔매더라고."

"그래서 할아버지가 해결하셨어?"

"한 달인가? 두 달인가 만에 바로 팔았어."

"손해 봤겠다~"

"아니! 그때 반월에 건축 붐이 있어서 말뚝 하나도 안 박았는데 백만 원이나 더 받았어~"

"뭐? 백만 원? 그거 부동산 투기잖아. 지금 그랬으면 세금을 억수로 두들겨 맞았을 텐데…."

"미칼라. 그때는 세상이 그랬어. 세상이."

그런 세상을 살아보질 않았으니 나는 둔감했다. 81년도에 잠시 소유했던 건지미 집터는 그렇게 엄마와 아빠를 스쳐갔다. 스쳐 지나가며 백만 원을 남겨주었다.

나는 이것이 어느 날 하늘에서 뚝 떨어진 행운이라고 생각하지 않는다. 엄마와 아빠가 손가락 발가락 동상 걸려 가며 일한 정당한 대가였다.

일하다 보면 생각만큼 보수가 돌아오지 않을 때가 있다. 나의 첫 직장에서 3개월간 나는 50만 원을 받았었다. 어이가 없었다. 차비도 나오지 않는 급여를 받고 속상하기도 했다.

하지만 내가 좋아서 선택한 일이었고 자존심은 조금 상했지만 일을 그만둘 만큼은 아니었다. 그만큼 나의 일을 사랑했다. 그것을 참아내고 난 후 나는 남들보다 빠르게 인정받았고, 더 많은 기회를 가질 수 있었다.

누군가는 숙성의 기간이라 하고, 누군가는 훈련 기간이라 하는 그 시간을 엄마와 아빠가 그리고 내가 견뎌낸 후 얻은 결과는 참

다디달았다. 엄마와 아빠에게 달았던 백만 원은 이사 비용이 되었고, 나에게 달았던 성과들은 보람으로 꽉 차올랐다.

25 너더리 논 잡혀서 받은 대출

사사리 영광상회는 그야말로 엄마와 아빠의 모험이었다. 사사리까지 나올 생각은 없었다. 도마교리에서 반월까지만 와도 크나큰 발전이라고 생각했다. 아이들을 키우기엔 아무래도 면사무소가 있는 동네가 나을 것 같았고, 아빠도 농사일을 도우려면 도마교리를 수시로 드나들 수 있는 곳이어야 했으니 반월이 제일 적당했다. 하지만 반월 건지미 집터가 어그러지고 나서 엄마와 아빠는 결단을 내렸다.

"건지미 계약금 돌려받아서 사사리에 영광상회를 산 거지….
900만 원에."

"뭐어? 900만 원이 어딨었어?"

"너더리 논 잡혀서 대출받고, 여기저기서 꿨지."

"우리 엄마 아빠 용감하네! 지금 나 같았으면 상상도 못 할 일
을."

"도마교리에서 너네들 학교 보낼 생각하니까 앞이 막막한 거
야. 안 되겠다 싶었지. 그래서 나온 거지. 그런데 온 식구가 다 말
리는 거야. 뭔 장사냐고. 특히 니네 할아버지가."

"할아버지가?"

사사리에서 정육점을 하겠다고 한 엄마를 할아버지는 단호하
게 반대하셨다고 한다.

"정육점이라니…. 그건 안 된다!"

"아버님, 저 잘할 수 있어요."

"우리 집안에 그런 건 안 된다."

할아버지는 곱디고운 며느리가 소 돼지를 잡는다고 하니 기겁을 하셨다. 집안의 체면도 체면이지만 그 큰돈을 가지고 나가서 말아 먹으면 어쩌나 하는 걱정도 하셨을 것이다. 시부모님의 반대가 너무 심했던 나머지 슈퍼로 업종을 변경했다.

"안 된다!"

"네? 정육점 아니에요, 아버님. 그냥 슈퍼예요…. 슈퍼."

"그 장사치들을 네가 어찌 당하려고! 그리고 나는 며느리가 막걸리 장사하는 꼴 못 본다!"

자그마치 40년 전의 일이다. 할아버지는 업종에 상관없이 일관된 반대를 하셨고, 그럼에도 불구하고 엄마와 아빠는 영광상회를 시작했다.

　두 분이 겨우 30대였다. 배움이 길지도 않았으며 형편이 넉넉한 것도 아니었다. 그에 비해 현재 나는 40년 전의 부모님보다 나은 상황인 것은 확실하다. 그런데 용기가 부족한지 깜냥이 작은지 늘 조마조마하고 머뭇거리기 일쑤다. 젊은 부부의 도전정신을 본받고 싶다.

26 여덟 살 미칼라가 지키는 영광상회

엄마와 아빠가 영광상회를 시작한 건 내가 반월 국민학교 1학
년 때였다. 밑으로 두 동생은 한참 저지레할 때라 동네 슈퍼를 하
며 아이들을 어떻게 돌보았는지 궁금했다.

"그때만 해도 내가 1학년이었는데 애 셋을 데리고 슈퍼를 어떻
게 했어?"

"그래서 니네 할머니한테 가게 인수인계해야 하니까 며칠만 봐

달라고 너네를 맡겼는데 그날 저녁에 바로 다시 데려오셨더라고.

니 애는 니가 보라고 하시면서."

"진짜? 엄마 되게 서운했겠다."

"그래서 미칼라 니가 가게를 본 거였어."

"내가? 여덟 살짜리가 뭘 안다고? 계산이나 제대로 했을까?"

"받으면 받는 대로, 못 받으면 못 받는 대로 했지. 엄마가 거기서 닭도 튀겼잖아."

엄마는 슈퍼를 하면서 한쪽에 가마솥을 걸었다. 거기서 닭을 튀겼다. 아빠는 '페리카나보다 니네 엄마가 후라이드 치킨을 먼저 튀겼다.'라며 하고 자랑을 하셔서 나중에는 내가 페리카나 사장님 모시고 올 테니 대결이라도 해보시라고 했다.

여덟 살짜리 꼬막손으로 적은 외상 장부가 신일산업 월급날이면 빨간 볼펜으로 죽죽 그어졌다. 사사리에서 많은 사람이 다니고 있는 신일산업은 동네에서 제법 큰 직장이었다. 신일산업 월급날은 한 달 외상값이 들어오는 날이었으며, 후라이드 치킨으로 월말 회식을 하는 날이기도 했다. 그리고 그날은 영광상회 부부가 돈 세는 날이기도 했다.

하지만 그렇게 잘 되던 영광상회를 2년을 채 못했다. 어느 날 가게에 손님이 문을 열고 들어오는데 우리 3남매가 엄마보다 먼저 튀어나가 뭐 살 거냐고 채근을 했단다. 그 장면을 목격한 엄마는 정신이 번쩍 들었다. 애들 때문에 도마교리에서 나온 건데 '이게 뭔가…' 싶었고, '이건 아닌데….'라는 생각에 장사를 접었다고 한다.

엄마가 우리 때문에 장사를 접었다는 그 말에 나는 큰아이 낳고 직장을 그만둔 일이 생각났다. 임신 29주에 조산한 큰아이는 인큐베이터에서 숱한 고비를 넘겼고, 그 후에도 입원과 퇴원을 반복했다. 그러는 중에도 나는 악착같이 일을 놓지 않았다. 어느 날 미열이 있는 아기를 친정엄마에게 맡기고 출근을 하면서 '이게 뭔가….' 싶었고, '이건 아닌데….'라는 생각에 사표를 썼다.

그 뒤로 나의 일정표에서 1순위는 아이들이었다. 물론 나도 그 옆에서 공동 1순위에 올라 있었다. 아이들과 내가 뒤섞여 균형을 잃고 흔들릴 때는 남편이 출동했다. 이렇게 우리 다섯 식구는 아슬아슬하게 목적지를 향해 한 발, 한 발 나아가고 있다.

27 다음에 오면 더 때려서 보내!

영광상회 사장님은 새벽에 오토바이로 물건을 떼다가 가게에 내려놓고 200mL 우유 하나 마시고 목수 일을 하러 나간다. 엄마는 세 아이와 함께 저녁까지 영광상회를 꾸려나갔다. 치킨도 튀기고, 술도 팔다 보니 소소한 사건도 간혹 생기기 마련이었다.

아빠가 목수 일을 마치고 헬멧을 쓴 채로 가게 문을 열고 들어오니 술에 취한 청년이 보였다. 그 청년은 비틀거리며 엄마에게 술주정하고 있었다. 눈앞의 상황을 아빠는 믿을 수 없었고, 재고 말고 할 것도 없었다.

'너 이놈의 새끼! 뭐야~!!'라면서 주먹을 날렸고, 비틀거리던 청년의 고개가 홱 돌아갔다.

"아빠! 아빠가 사람을 때렸다고?"

"아무것도 안 보이더라고. 니네 엄마만 보이더라고!"

"그래서 어떻게 됐어? 그 사람도 아빠 때렸어?"

"아니. 내가 주먹을 날렸더니 저쪽으로 하얀 게 툭 날아가더라고."

"서… 설마. 이가 나갔어?"

"어."

"아이고 큰일 났네~ 큰일 났어!"

"나도 너무 걱정이 되는 거야. 그래서 이튿날 일도 못 나가고 가게 앞마당을 쓸고 있는데 걔네 아부지가 저쪽에서 오시는 거야. 속으로 '얼마를 물어줘야 하나?' 생각하면서 어서 오시라고 인사를 했지."

아빠는 박진감 넘치게 주먹을 날리는 척하더니 그때 감정이 떠올랐는지 고개를 들면서 말을 이었다. 손에 들고 있던 빗자루를 벽에 기대어 놓으며 어젯밤 그 청년의 아버지에게 인사를 했다.

"어르신. 약주 한 잔 하실래요?"
"그랴. 막걸리 한 잔 줘!"

아빠가 벌벌 떨면서 어르신께 막걸리 한 잔을 드렸더니 단숨에 들이키시고 하신다는 말씀이….

"다음에 오면 더 때려서 보내. 그놈의 새끼 때문에 속상해 죽겠어. 아주! 이게 뭐냐구! 동네 창피하게!"

　어르신에게 그 청년은 하라는 공부는 안 하고 술 마시고 노는
데 정신 팔린 속상한 아들이었던 것이다. 막걸릿잔을 만지작거리
던 어르신은 일어나시면서 '다음엔 꼭 더 때려서 보내라.'라고 당
부하셨고, 아빠는 '감사합니다.'라고 인사하셨다. 휘적휘적 걸어
가시는 어르신의 뒷모습을 보며 다리가 탁 풀린 아빠는 안도의
한숨과 함께 '다음부터는 조심해야지.'라는 생각을 하셨다고 한
다.

28 처음 살아보는 양옥집

사사리 영광상회는 잘 되었지만, 아이들이 어떻게 크는지 살필 여유가 없었다. 그래서 영광상회를 정리하고 동네 안쪽 양옥집으로 이사를 했다. 빨간 벽돌집이었는데 나는 그 집에서 살게 되었다는 걸 이사하는 그날까지도 믿을 수 없었다.

"양옥집에 처음 사는 거였다. 그치?"

"그렇지. 처음엔 꿈인가 싶었어."

"거기 창고에서 우리 연탄장사 했던 거 기억나."

"너 그걸 기억해?"

"아빠가 새벽에 연탄 사러 갔었잖아."

"그런데 그것도 오래 못 했어."

"왜?"

"진짜 너~무 힘든 거야. 엄마가 고생이 말도 못 했어."

"그래서 다시 슈퍼를 한 거였구나~!"

"니네 엄마가 동네 인심을 잘 얻어서 거기서도 장사는 잘됐어."

동네 인심을 잘 얻을 수 있었던 엄마만의 비법은 닭똥집과 닭발이었다. 그때만 해도 슈퍼 뒤에서 생닭 손질을 엄마가 직접했다. 후라이드 치킨을 팔고 나면 닭발과 닭똥집이 남았고,

이걸 모아 놓았다가 동네 어르신들이 마실 나오시면 막걸리 한 잔과 함께 매콤하게 볶아 드렸다.

"도마교리 미칼라네 둘째 며느리는 사람이 참 좋아~!"

역시 맛있는 거 앞에선 장사 없다. 동네 안쪽에서 다시 시작한 영광상회도 손님이 꽤 있었던 거로 기억한다. 외상 장부에 적혀 있던 이름들도 기억난다. 안경 새댁, 김 씨, 샴푸, 삼용이, 미경이, 경준이, 방앗간…. 이런 이름들로 적고, 지우고, 적고, 지우고를 반복하며 함께 살았다. 그러면서 나는 기억도 안 나는 그 할머니 이야기를 아빠가 꺼내셨다.

"경준이 할머니가 니네 엄마를 진짜 좋아했어."

"경준이 아줌마는 기억나는데 할머니는 잘 모르겠다."

"연세가 많으셨어."

"왜? 엄마 볼 때마다 예쁘다고 칭찬하셨어?"

경준이 할머니는 칭찬을 특별하게 하셨던 것 같다. 장 보러 수원으로 나가려면 버스를 타야 하는데 버스 정류장으로 가는 길은 딱 하나뿐이었다. 우리 집 앞을 지나야만 11번 버스를 탈 수 있었다. 집 앞을 지나가시는 경준이 할머니에게 엄마는 인사를 했을 것이고, 할머니는 '오냐.' 인사를 받으시며 내키지 않는 첫걸음, 포기의 두 번째 걸음, 돌아서는 세 번째 걸음으로 우리 슈퍼에 들어오셨을 것이다.

"너 이년아! 너만 안 봤으면 내가 수원 가서 사 올 건데 여기서 니 얼굴을 딱 만나면 어떡하냐! 천상 오늘도 수원에 못 가고 니네 집에서 또 사 가지고 간다. 이년아!"

나는 아빠에게 그거 칭찬 맞냐고 물었고, 아빠는 맞다시며 이 칭찬은 조금 길게 하신 거고, 짧게 하신 날도 있었다고 했다.

"니가 왜 이 동네에서 장사를 해서 나 수원도 못 가게 막냐, 이년아!"

　할머니 흉내를 내는 아빠의 표정이 웃고 있는 걸로 봐서 칭찬
이 맞긴 한가 보다. 여하튼 무지막지한 칭찬의 말씀 후에는 이것
저것 한 꾸러미씩 사 가셨다고 한다. 경준이 할머니의 걸쭉한 성
대모사를 하는 아빠의 모습에서 나는 그리움을 읽을 수 있었다.
옆에서 시종일관 듣고만 있는 엄마의 모습에서 지나간 세월에 대
한 쓸쓸함도 읽혔다. 그리움과 쓸쓸함, 그리고 다른 여러 가지 감
정들을 이렇게 밖으로 꺼내며 우리는 더 친해졌다. 엄마와 아빠
와 나는 앞으로 더 친해질 것이다. 계속 계속.

목수와 그의 아내

513-7번지

29 주소가 참 길지?

　도마교리나 사사리는 '리' 다음에 숫자가 2개 정도 따라붙었다. 그게 집 주소였다. 예를 들어 '반월면 도마교리 90번지'처럼. 사사리에서 수원으로 이사를 나왔던 이유는 여러 가지가 있었지만 가장 컸던 건 나였다. 내가 수원에 있는 고등학교에 입학하게 되었던 것이다. 아마도 엄마와 아빠는 도마교리에서 반월까지 나올 수 있었던 그 용기를 다시 한번 쥐어짜서 수원으로 이사했을 것이다.

3월 2일이 입학식이었는데 바로 전날인가 그 전전날인가 이사를 했던 거로 기억한다. 사사리에서 빨간 양옥집에서 살아봤던 경험이 있었기에 망정이지 수원 집은 동네 입구부터 달랐다. 길은 여러 갈래로 뻗어 있었고, 집들은 어찌나 많은지, 그리고 주소는 또 왜 그렇게 긴지….

"미칼라, 너 그 주소 기억해?"

"알지. 513–7번지. 어떻게 잊어, 그걸?"

"주소가 참 길었지?"

"어. 외우기 어려웠어."

"우리 참 용감했다. 그때."

"그래도 그 집에서 우리 다 결혼하고 잘 컸잖아."

"맞아. 그 집이 복덩이야. 복덩이!"

수원 집은 내가 고등학교 때부터 살아 그런지 그전보다 기억들이 선명하고 더 많다. 하지만 그 어디에도 엄마와 아빠가 용감하고 힘들었던 모습은 잘 떠오르지 않았다. 내가 고등학교에 입학했고, 동생들이 밑으로 중학교와 초등학교에 다녔다. 지금 내가 그렇다. 내 아이들 셋이 대한민국의 의무교육 시기인 초, 중, 고등학교를 관통하고 있다. 그럼 나도 용감한 건가?

30 자연농원

엄마의 앨범을 뒤적이다가 매우 낯선 사진을 발견했다. 분명 나와 동생들인데 배경이 어디더라? 어디더라? 도통 기억나지 않았다.

그래서 돋보기를 들고 뒤에 있는 현수막 글자를 보니 자그마치 '자연농원'이라고 쓰여 있었다. 용인 에버랜드의 옛 이름, 자연농원. 사진을 함께 보던 막냇동생이 '맞다!'라며 기억을 해냈다.

"언니랑 아빠랑 환상특급 탔잖아. 아빠는 그때 모자 잃어버리고!"

막내가 그때 자기는 환상특급 못 탔었다고 종알종알하며 기억을 소환했다. 내가? 나는 발이 땅에서 떨어지면 큰일 나는 줄 아는 겁보인데 환상특급을 탔다고? 막내의 기억력을 믿을 수 없지만, 다시 생각해보니 그랬던 것도 같다. 그러고 보니 아빠의 빨간 프라이드를 타고 갔었던 것 같다. 빨간 프라이드는 아빠의 첫 번째 차였다. 그래서 얼마나 애지중지했는지 기억한다.

저녁에 아빠가 집에 오시면 동생과 나는 은색 덮개를 들고 나갔다. 빨간 프라이드는 밤마다 은색 덮개를 뒤집어쓰고 있었다. 이불처럼. 아침이 되면 이불을 개는 것처럼 프라이드의 덮개도 착착 개켜서 잘 두어야 저녁에 다시 덮을 수 있었다. 그렇게 소중한 프라이드를 타고 갔던 여행이었다. 엄마에게 우리의 기억을 확인차 물었다.

"우리 가족 여행 처음 간 거였지?"

"아아니~~~!! 너 팔달산에서 김밥 먹은 거 기억 안 나?"

"아~ 맞다! 아빠 오토바이 타고 갔었지?!!"

"사느라고 바빴어도 나들이는 종종 갔었어."

"그럼 자연농원이 처음이 아니었네?"

"미칼라~ 엄마랑 아빠랑 너네들 잘 키우려고 노력 많이 했다…."

빨간 프라이드 전에 우리 아빠는 오토바이를 탔었다. 엄마가 '팔달산 김밥'이라고 하는 순간 내 이마를 바람이 슝 때리던 느낌이 되살아났다. 오토바이 핸들은 아빠가 잡고, 우리 삼 남매를 켜켜이 앉힌 후 맨 뒤에서 엄마가 두 팔을 앞으로 나란히 뻗어 아빠 허리춤을 꽉 잡았었다. 오토바이 한 대에 다섯 식구가 올라타고 팔달산 중턱으로 소풍하러 갔었다.

　나는 아빠 바로 뒤에 앉았었는데 부릉부릉 소리가 날 때마다 엉덩이가 간질간질했다. 오토바이가 달리면서 슝슝 불어오는 바람을 내 이마가 감당하고 있었다. 팔다리는 동생들과 엄마에게 둘러싸여 걱정할 필요가 없었다. 팔달산에 도착해서 나는 내 이마가 잘 있는지 먼저 확인했었다.

　지금도 아이들이 달리는 차에서 창문을 열고 불어닥치는 바람을 맞을 때 나는 말리지 않는다. 바깥바람이 이마를 때리는 그 기분이 뭔지 너무나 잘 알기 때문이다. 해방감이라고 하기엔 너무 거창하고 시원하다고 하기엔 너무 짜릿한 그 기분.

31 월급 69만 원

수원으로 이사를 오면서 어느샌가 아빠의 직업은 '목수'에서
○○ 수녀원의 '관리국장'으로 바뀌어 있었다.

"아빠. 수녀원에서 정확한 직책이 뭐였어?"

"관리국장."

"그럼 건물을 관리하는 거였구나~"

"건물도 관리하고, 차도 관리하고 그랬어."

"아빠가 차를 어떻게 관리했어?"

"그 당시에 뉴 프린스 오토차였어. 어마어마했지. 그 차 몰 줄 아는 사람이 귀해서 내가 운전기사를 모아다가 운전 교육도 시키고 그랬어. 하루는 수녀님 모시고 나갔다가 버스를 받았는데 차가 얼마나 튼튼한지 버스가 푹 들어갔더라구~!"

"아빠. 아무리 그래도 버스가 푹 들어갔을까?"

"인마~ 진짜야! 그리고 국산이 아니라 미제라서 기름을 어마어마하게 먹는 거야. 고속도로 올리면 기름이 죽죽 내려가. 만땅을 채워도 대구밖에 못 가는 거야. 그래서 그거 팔고 기아에서 나온 거로 바꿨어. 세피아로."

성당 생활을 열심히 하셨던 아빠는 수녀원의 관리국장이라는 직함이 세상 어느 것과도 바꿀 수 없는 소중한 것이었다. 그때도 알았고, 지금도 알 수 있다. 하지만 그 일을 1년 8개월 만에 그만두셨다.

"아빠. 수녀원에 계속 다니시지 그랬어? 그때 아빠 되게 멋있었는데!"

"좋았지. 그런데 마음만 좋았지 현실은 너무 가난했어. 월급을 69만 원 받았는데 너 고등학생이지. 동생들은 줄줄이 있지. 그 월급으로 쌀도 살 수가 없는 거야. 아무것도 할 수가 없더라고. 목수 일은 망치질 한 번이면 돈이 나왔는데 수녀원 일은 그렇지가 않았어."

"아쉬웠겠다."

"어떡하겠어. 먹고는 살아야지."

먹고 살기 위해 다시 목수 일을 다시 시작한 우리 아빠. 아빠에게 신앙이란 먹고 사는 것과 같았다.

어려웠던 시절을 견딜 수 있었던 건 마음을 단단히 먹은 덕분이었고, 그건 오롯이 신앙이 이뤄낸 것이었다. 하지만 생계를 이

어나가기 어렵겠다고 판단한 아빠는 다시 망치를 잡았다. 그래도 수녀원에서 도움을 요청하면 만사 제쳐놓고 가셨다.

　흔히 말하는 '나를 지탱하는 힘'은 사람마다 다르다. 많은 부모가 자녀들에게서 그 원천을 찾기도 하지만 나의 엄마와 아빠는 자녀들과 함께 더불어 신앙을 꼭 붙들고 계신다. 그분들이 살아오신 원동력이고, 앞으로도 그 안에서 평화를 찾으실 것이다.

　그 시절 '월급 69만 원'을 정확하게 기억하시는 건 아마도 조금 더 붙들었어야 했나 하는 아쉬움 때문은 아닐지 짐작해보았다. 만약 그렇다면 충분히 책임을 완수하셨다고 인정해드리고 싶다.

세상에서 제일 멋진 목수

32 도시락 동산

　매일 아침 아들의 도시락 싸는 일이 보통이 아니라고 내가 투덜댔다. 이런 나에게 엄마는 뭐 그런 걸 가지고 그러냐고 하시며 우리 집 도시락의 역사를 들려주셨다.

　"느그들 셋 키울 때 도시락이~ 도시락이~ 말도 못 했어!"

　"맞다! 우리는 급식 전이었잖아."

　"그러니까! 내가 느그들 도시락 쌀 때 우리 집 반찬은 너네 도시락이 중심이었어. 도시락 싸고 남으면 좀 먹을 수 있을까… 아니면 그냥 김치하고 먹는 거야."

"엄마. 도시락을 하루에 몇 개나 싼 거야?"

"너 아침, 점심, 저녁, 간식 4개. 현태 점심, 저녁, 간식 3개. 모두 7개네!"

"청윤이는 안 쌌어?"

"걔는 고등학교 들어가자마자 급식 시작해서 그나마 좀 나았지."

"그런데 현태는 아침이 왜 없어?"

"너는 아침을 안 먹고 가니까 도시락을 쌌고, 현태는 아침은 꼭 먹고 갔었어."

"맞아. 나 아침 먹이려고 엄마가 엄청나게 애쓴 거 기억나."

"너! 지금도 아침 잘 안 먹지?"

맞다. 나는 지금도 아침을 잘 안 먹는다. 하지만 이렇게 이야기가 흘러가게 둘 수는 없었다. 그랬다간 아침과 나의 건강과 엄마로서 책임감이 쓰나미처럼 밀려올 테니까. 그래서 말을 돌렸다.

"엄마~ 도시락 설거지해 놓으면 어마어마했겠다."
"동산이지. 도시락 동산."
"밤에 설거지해서 새벽에 또 싸고…. 우리 엄마 얼마나 힘들었을까?"
"힘든 줄 몰랐어. 다 그렇게 사는 줄 알았어."

사실은 그때 엄마가 힘든 줄 나도 몰랐었다. 거기까지 생각이 미치지 못했다. 지금 내 아들 도시락 1개 싸면서 그때 엄마의 노고를 되새기는 것이 부끄럽다.

게다가 그때는 우리가 밤 10시까지 야간자율학습을 하고 독서실에 들렀다 오면 12시가 훌쩍 넘었다.

그 시간에 엄마는 부스스 일어나 설거지를 해야만 했을 것이다. 그래야만 아침에 도시락 가방을 들려 보낼 수 있었을 테니까.

"도시락 개수도 개수지만 반찬 고민도 많이 했겠어~ 엄마."

"너네는 소시지를 안 먹었어."

"맞아. 지금도 소시지는 싫어."

"그래서 늘 김치 같은 거 싸는 거지 뭐."

"마른반찬도 잘 먹지 않았어?"

"마른반찬 같은 소리 하고 있네! 너네는 고기 볶은 거랑 김치. 그걸 제일 좋아했어."

"아… 그랬…나?"

어렸을 적 반찬 투정하지 않았다고 자신을 스스로 기억하는 건 아마도 우리가 잘 먹는 것만 해주셨기 때문일 것이다. 삼 남매 입맛을 딱딱 맞추는 것이 절대 쉽지 않았다는 걸 말해 무엇하리. 국

하나를 먹더라도 나는 건더기를 좋아하고, 청윤이는 국물을 더 좋아한다. 현태는 국보다 찌개를 더 좋아한다.

"라면을 끓여도 너는 면만 퍼먹고, 청윤이는 국물만 떠먹고, 현태는 꼭 다시 끓여야 했다니까!"

도시락 동산에서 시작한 대화는 내가 국물을 쭉쭉 짜서 건더기만 건져 먹는 습관으로 마무리되었다. 지금도 친정에 모여 밥을 먹으면 내 국그릇에는 건더기 가득, 막내 국그릇에는 멀건 국물이 가득, 남동생 국이 제일 멀쩡하다. 그렇게 주문하는 것도 아닌데 누가 푸든 취향 저격이다.

가족은 그런 것 같다. 몰라도 알아지고, 알면 더 알아지는 것. 가끔 너무 알아서 피곤하기도 하지만 그 덕분에 나는 항상 건더기만 잔뜩 먹을 수 있어서 좋다.

33 미칼라 흉보기

아빠는 그 얘기 할 때면 늘 이렇게 시작하신다.

"내가 너 흉 하나 볼까?"

그럼 내 대답도 늘 한결같다.

"아빠! 그때는 그게 아니었다고~~~"

목수와 그의 아내는 큰딸을 시내에 있는 고등학교에 보내기로 했다. 아이들의 미래를 위해 아무래도 그렇게 하는 것이 옳은 것 같았고, 내친김에 이사까지 했다. 그때 고등학교 배정 방식은 일명 '뺑뺑이'였다. 요즘 말로 '평준화' 지역이었다. 배정 결과 나는 조금 먼 고등학교에 배정을 받았다. 그래서 통학 차량을 이용했었고 그때 우리는 그 차를 '봉고'라고 불렀다. 아침잠이 유독 많았던 나는 봉고를 놓치기 일쑤였다. 그럼 아빠가 나를 학교까지 데려다주셨다. 파랗게 반짝거리는 1t 트럭을 타고 가면 봉고차보다 훨씬 짧은 시간에 도착하기 때문에 가끔은 일부러 늦장을 부리기도 했다.

아빠가 늘 흉을 보는 대목은 바로 그때 그 시절 학교 앞에서 내릴 때다. 내가 다녔던 고등학교는 학교 진입로가 하나밖에 없었다. 게다가 중학교와 고등학교가 세트로 있었고 같은 교문으로 드나들었다. 허허벌판에 지었던 학교인지라 학교로 들어가는 길이 외나무다리처럼 쭉 뻗어있었다. 직선으로 나 있는 진입로 양쪽에는 문방구와 떡볶이집이 퐁당퐁당 서너 개씩 있었다.

등교 시간에는 짙은 회색의 고등학생과 옅은 회색의 중학생이 넘실넘실 파도처럼 교문으로 입장한다. 아빠가 운전하는 파란 트럭은 이 회색 물결을 홍해 바다처럼 좌악 가르면서 지나간다. 아빠는 교문 앞에서 차를 돌려 나를 내려주시고는 크게 인사를 하신다.

"미칼라! 공부 열심히 해~!"

그리곤 파란 트럭이 반짝거리며 다시 회색 물결을 가르면서 빠져나간다. 그래서 아빠에게 교문까지 가지 말고 그냥 입구에서 내려달라고 했다. 어차피 버스 정류장도 거기니까. 아빠는 아직도 그것이 서운하신지 종종 '너의 흉'이라고 하시며 꺼내 보이신다.

나는 그때 아빠의 트럭이 창피했던 것이 아니라 회색 물결이 갈라지는 그 순간이 부끄러웠다. 하지만 다시 생각해보면 회색 물결을 갈랐던 것이 트럭이었으니 그 말이 그 말인가 보다. 다음부터는 목수님이 '흉'을 꺼낼 때 잘못했다고 싹싹 빌어야겠다.

34 집에서 다닐 수 있는 대학

내가 고3이 되고 엄마는 입시 상담을 하러 학교에 왔다. 교무실 한편에 마련된 상담 테이블에서 담임 선생님과 엄마가 나를 사이에 두고 앉으셨다.

선생님은 나에게 적합한 과라며 빨간 볼펜으로 동그라미를 쳤고, 엄마는 깨알 같은 글씨를 한 번 쓰윽 보고는 선생님에게 여기가 어느 대학이냐고 물었다. 엄마의 대학 선택 기준은 '집에서 다닐 수 있는 대학'이었기 때문이다.

엄마는 중학교 다닐 때 자취했던 기억이 즐겁지 않았으므로 아무리 좋은 대학이라도 집에서 멀면 다 허사라는 신념이 있었다. 그래서 가능하면 집에서 통학이 가능한 학교로 보내고 싶었던 것이다. 엄마의 기준과 나의 적성을 따져 통학 거리가 모두 1시간 안팎인 학교에 원서를 넣었다. 합격 통보를 차례로 받았고 마지막엔 추가로 합격한 곳도 있었다. 함께 이야기를 나누던 아빠에게 내가 물었다.

"아빠! 아빠는 내가 대학교 붙어서 좋았어?"
"그럼! 일하다 말고 집에 갈 만큼 좋았지!"
"그랬나? 나는 기억이 안 나는데?"
"친구들한테 자랑을 얼마나 했다고. 미칼라가 대학을 세 군데나 붙었다고!"

아빠는 가난으로 인해 배움에 맺힌 한이 컸다. 그래서였는지 내가 공부한다고 하면 만사 통과였다. 수능 D-day 카운트를 시작하고 우리 집은 절간이 되었다. 나의 막냇동생은 그때 이야기를 하면 아직도 목소리를 높인다.

"언니가 공부한다고 하면 우리는 숨도 못 쉬었잖아."

"네가 워낙 시끄러웠으니까 그랬겠지!"

"언니 기분 안 좋으면 우리는 꼼짝도 못 했다니까!"

"모른데이~ 내는 모른데이~ 하나도 기억이 안 난데이~!"

"난데이~ 난데이~ 내는 다 기억난데이~이~~!"

기억이 난다, 안 난다. 말장난을 하는 우리 모습을 지켜보던 엄마가 막내에게 한 마디 얹었다.

"너 아무리 그래도 너는 언니한테 고맙다고 해야 돼!"

"알지~ 그것도 알지~!"

　엄마도 아빠도 내가 대학에 붙었을 때를 떠올리며 너무나 기뻤던 순간이라고 하셨다. 아빠는 지금 생각해도 너무 좋으시다며 함박웃음을 지으셨다. 그리고 몇 년 후 동생들이 차례로 대학 원서를 쓸 때 '누나' 또는 '언니'인 나는 부모님과 머리를 맞대고 고민했다. 엄마는 한결같이 집에서 다닐 수 있는 곳을 원했고, 무사히 잘 다닌 동생들은 대학을 졸업했고, 지금은 모두 전공 잘 써먹으며 살고 있다.

　그때는 까다롭다고 생각하지 못했었는데 다시 생각해보면 엄마의 조건이 제일 맞추기 어려운 것이었다. 집에서 다닐 수 있는 조건을 걸었다는 소문은 들어보질 못했다. 공부를 잘했다던가, 못했다던가 등의 학업에 대한 기준은 들어봤어도 '집'이라는 조건은 없었다. 그런데 돌아보면 그 조건 덕분에 우리 삼 남매는 안정적으로 생활할 수 있었던 것 같다. 좋은 일이 있으면 있는 대로, 속상한 일이 있으면 속상한 대로 엄마와 아빠의 보살핌으로 초기 성인기를 보냈다.

나도 우리 엄마처럼 애들에게 어느 대학인지보다 어디 있는 대학인지 먼저 물어보면 어쩌지? 나의 아이들은 나를 이해해줄까? 과연 그 차이를 알기나 할까? 이런 걸 두고 며느리도 모른다고 하나 보다.

35 시뻘건 대학교

자녀들이 대학에 다니는 것이 자랑임과 동시에 금전적으로 큰 부담이었던 목수와 그의 아내는 당시 살림을 어떻게 꾸렸는지 기억을 더듬었다. 자식으로서는 '내 입학과 졸업'이지만 목수와 그의 아내로서는 장장 9년 동안 세 아이의 입학, 휴학, 복학, 졸업을 벚꽃 차례로 해냈으니 힘들었다는 말로는 한참 부족한 세월이었다. 그 세월이 어떻게 갔는지 모르겠다 하시면서도 한순간에 마술처럼 지났다고 하셨다.

"막내 원서는 네가 다 썼잖아."

"그랬나?"

아빠가 막내 대학에 대해 말씀하셨다. 내 원서를 쓸 때는 그저 선생님의 말씀대로 하겠다던 부모님이 막내 때는 조금 달랐다. 위로 둘을 보내본 경험이 있어서 그런지 입시 전략을 고민했다. 당사자인 막내와 나, 엄마와 아빠는 나름 고심하여 학교를 선택했고, 전공도 신중하게 골랐던 것 같다. 그런데 아빠는 막내가 다닌 학교에 대해 내가 몰랐던 이야기를 풀어놓으셨다.

"내가 그 대학 앞에서 인테리어를 무지 많이 했어."

"아빠가 대한민국에 안 가신 데가 어딨어?"

"내가 거기 공사하면서 우리 애들 셋은 이 학교 절대 안 보낸다고 결심했었어."

"왜?"

"온통 새빨개!"

"그게 무슨 말씀이셔?"

"손톱이고 입술이고 뭐고 다 빨갛게 칠하고 다니는 거야~!"

학생들의 손톱과 입술이 온통 빨갛던 그 대학교, 아빠는 그 학교와 결국 인연을 맺을 수밖에 없었다. 그런데 원서 쓸 때 모르셨을까?

"상상도 못했지. 아! 근데 나중에 보니까 막내가 그 대학교를 다닌다는 거야~!"

"아빠~ 원서에 아빠가 도장 찍어 줬잖아~?"

"그때는 접수비 주는 게 먼저였지. 그 대학이 그 대학인 줄 몰랐어. 하하하."

우리는 모두 웃음보를 터뜨렸다. 동네에서 애들 셋 대학 보낸 것이 가장 큰 자랑거리였던 우리 아빠는 '대학'이라는 이름만으로도 기뻤던 것이다. 한편으로 마음이 쓰리기도 했다.

배움의 소원이 얼마나 컸으면 단지 그것만으로도 그렇게 좋으셨을까. 아이들 앞세워 목수와 그의 아내는 학사모를 썼고, 학위를 가지셨다. 공부는 삼 남매가 했지만 그건 온전히 목수와 그의 아내 것이었다.

"아빠. 시뻘건 그 학교 아직도 별로야?"
"아니~~~ 알고 보니까 그 학교 역사가 아주 깊더라. 좋은 학교를 내가 못 알아봤어. 우리 막내딸이 가서 이름을 더 빛냈지!"

결국, 팔은 안으로 굽으면서 그날의 대화를 마쳤다.

내 자식이 하는 건 뭐든지 다 괜찮다는 그 마인드를 내가 닮을

수 있을까? 10년, 20년 후 나는 나의 아이들에게 어떤 이야기를
해줄 수 있을까? 그 학교가 또는 그 어딘가가 '너'로 인해 빛이 났
다는 말을 할 수 있었으면 좋겠다.

36 막내의 하얀 코란도

목수와 그의 아내가 키운 삼 남매 중 막내는 엄마 손을 제일 많이 탔다. 잔병치레도 많았고, 성격도 만만하지 않았다. 지금도 막내가 하자고 하는 건 온 식구가 꼼짝없이 붙들려 간다.

그야말로 아무도 못 말리는 형국인지라 엄마는 늘 막내더러 '부러졌으면 부러졌지 구부러지는 법이 없는 아이'라고 하셨다. 그에 비하면 나는 너무 잘 구부러지는 아이였지만.

막내와 나는 다섯 살 터울인데 내가 대학원을 졸업하고 구직을 했던지라 막내와 나는 비슷한 시기에 취직했다.

나는 버스를 타고 출퇴근을 했다. 하지만 막내는 역시 막내였다. 아빠에게 차를 사겠다고 통보를 했다. 의논이 아니었다.

"아빠. 나 출퇴근이 너무 힘들어. 차 한 대 사야겠어."

"그래? 도저히 안 되겠어?"

"어. 뭐로 살까?"

"티코 어때?"

'티코'라는 낱말이 나오자마자 막내는 고개를 확 돌리며 아빠에게 날카로운 말을 던졌다.

"아빠! 나 안 낳으려다가 낳았지!"

예고 없이 세게 나오는 막내를 앞에 두고 아빠는 잠시 고민을 하셨다. 한다고 하면 하는 아이라 지금 여기서 안 된다고 했다가는 당장 나가서 계약서 흔들며 들어올 것 같았다.

"그래서? 생각한 차라도 있어?"
"새 차는 조금 부담되니까 중고는 어떨까?"

그렇게 해서 막내는 하얀 코란도를 가지고 출퇴근을 했다. 아빠와 엄마는 막내가 운전하는 것에 대해 대견한 마음 반, 불안한 마음 반이었다. 잘 가는지, 잘 오는지 며칠을 노심초사했다. 아니나 다를까 수원역 로터리에서 버스와 추돌사고가 났다. 까탈스러운 막내가 그 자리에서 쉽사리 해결했을 리가 없었다. 어찌어찌하며 버스 기사님이 아빠에게 전화해서 사정을 설명하게 되었다.

"역전 로터리를 막 돌려고 하는데 아니 어떤 차가 세상에 운전수도 없이 굴러가는 게 아니겠습니까! 그래서 뭔가 싶어 한참 쳐다보다가 박았지 뭡니까! 운전수 찾다가 너무 가까이 가는 바람에 그렇게 됐습니다. 사장님, 그런데 따님이 합의를 안 한대요."

운전석이 비었다고 착각한 이유는 아마도 막내의 작은 체형 때문이었을 것이다. 어렸을 적부터 입이 짧았던 터라 살이 붙을 여유가 없었던 아이다. 버스 기사와의 통화 내용이 아직도 재미있는지 이야기를 하시면서 웃는 아빠에게 내가 물었다.

"그래도 그렇지. 아니 어떻게 기사가 안 보이기까지 할까?"

"버스 기사가 전화해서 통사정을 하더라구."

"그래서 어떻게 했어?"

"차 수리만 하고 끝났지."

"합의는?"

"미칼라~ 자식 키우면서 다른 사람한테 너무 야박하게 하면 안 되는 거야. 그게 다 니들한테 가는 거야. 너도 명심해."

목수와 그의 아내는 그랬다. 이웃을 도우면서 이 도움이 돌고 돌아 내 아이들에게까지 닿기를 소원했으며, 옆 사람을 배려하면서 이 배려가 건너고 건너 나의 아이들에게 베풀어지기를 바랐을 것이다. 그래서 내가, 우리가 있는 것이다.

37 나 학교 그만 다닐래

목수와 그의 아내는 2남 1녀를 키웠다. 내가 첫째고 밑으로 남동생과 여동생이 있다. 다른 건 몰라도 세 아이 공부는 부족하지 않게 시키겠다는 굳은 결심으로 목수와 그의 아내는 열심히, 열심히 일했다.

드디어 내가 대학에 입학했을 때 부모님은 매우 기뻐하셨다. 등록금 내라고 내 손에 쥐여주시는 현금이 낯설고 무서웠다. 예전에는 등록금을 그렇게 냈다. 학교에 있는 교내 우체국에서. 그렇게 큰돈을 내고 다니는 학교는 재미있었지만, 학과 공부에는 큰 흥미가 없었다. 그래서 첫 번째 방학에 나는 부모님께 학교를 그만두겠다고 했다.

"나 학교 그만 다닐래."

"미칼라~ 아직 1년도 안 다녔잖아. 대학교는 4년이나 되는데 반의 반도 안 다니고 뭘 그래. 조금만 더 생각해도 늦지 않아."

엄마의 회유로 나의 자퇴는 흐지부지되었다. 그 후 방학만 되면 나는 학교를 그만두겠다고 했고, 그때마다 엄마와 아빠는 만류했다.

"미칼라~ 졸업만 하자. 어렵게 들어간 학꼰데 졸업은 해야 하지 않겠니? 졸업만 하고 그러고 너 하고 싶은 대로 해."

그 뒤 나는 학사편입을 했고, 대학원을 갔다. 참 길게도 공부했다. 엄마와 아빠는 대학 때 졸업만 하라고 자퇴를 말린 것 외에는 학교 다니는 내내 해라, 하지 마라 참견 한 번 없으셨다.

"엄마~ 나 대학교 졸업하면서 취직 안 하고 공부 더 한다고 했을 때 왜 안 말렸어?"

"니가 언제 내 말 들었어?"

"그래도 한 번도 뭐라 안 했잖아. 돈도 없었을 텐데."

"그때는 니들 공부는 하고 싶은 데까지 다 대줄라고 결심했었어."

"지금 생각하면 되게 미안한 일인데….'

"지 인생 지가 하고 싶은 대로 하는 거지."

"하고 싶은 대로 하는 거면 나 일학년 때 자퇴시켜주지 그랬어?"

"너 졸업만 하면 마음 고쳐먹을 줄 알았지. 그래서 방학 때마다 갖다 붙여놓고, 갖다 붙여놓고 했지."

"그렇게 힘들게 갖다 붙여놨는데 결국 다른 거 공부한다고 해서 속상했겠다."

"나중에는 지가 안 맞으니까 그러는 거겠지 싶드라. 그래도 졸업장은 있으니 굶어 죽지는 않겠다 싶었지."

터울도 얼마 나지 않는 3남매를 공부시킨다고 얼마나 고생하셨을까 생각하니 가슴이 먹먹해졌다. 엄마와 아빠가 무슨 일이 있어도 자식들 공부는 끝까지 시켜준다는 그 결심에서 나는 부모님의 마음을 읽을 수 있었다.

어려운 집안 형편 때문에 중학교 입학을 앞두고 공부를 그만두셨던 우리 아빠, 밤마다 싸리문을 붙잡고 한 달을 우셨다고 한다. 학교 보내 달라는 아들의 애원을 들어주지 않으셨던 할아버지가 이때만큼은 조금 원망스러웠다.

학교가 너무 멀어 자취를 하다가 결국 그만두셨던 우리 엄마. 금요일만 되면 한달음에 집으로 왔다가 자취방으로 돌아갈 일요일이 안 오길 바랐다는 엄마의 말에 근거리 통학원칙이 깊이 이해되었다.

목수와 그의 아내는 배움의 부족함과 답답함을 아이들에게는 물려주고 싶지 않았다. 그래서 힘닿는 데까지 공부시키리라 마음먹었던 것이다. 그에 비하면 나는 엄마와 아빠보다 분명 좋은 조건에서 아이들을 키우고 있다. 시대가 변했다고 하지만 그래도 아니라고 하긴 어렵다. 그래서 더 열심히 키우자는 거창한 결심은 없다. 무리하지 말고 딱 부모님 만큼만 하자.

38 아빠의 왼손을 위해 역주행한 택시

목수라는 직업은 고운 손과는 거리가 멀다. 날카롭고 뾰족한 자재들로 인해 우리 아빠의 손은 늘 거칠고 투박하다. 반창고 두른 날이 그렇지 않은 날보다 많다. 손가락 마디마디는 툭 불거져 있어 손가락을 모으는 것이 어려울 정도다. 하지만 나는 그런 아빠의 손이 최고로 자랑스럽다.

대학교 2학년 때 아르바이트를 마치고 집에 왔는데 아무도 없

513-7번지   **223**

었다. 엄마에게 전화하니 병원이라고 했다.

"엄마~ 어디야?"

"병원."

"거긴 왜 갔어?"

"미칼라. 아빠가 다치셔서 수술해야 해. 동생들이랑 저녁 잘 챙겨 먹고 있어."

아빠가? 왜? 어딜? 아직 많은 질문이 남았는데 엄마는 전화를 끊었다. 야간 자율학습을 마치고 온 동생들이랑 라면을 끓여 먹고서 아빠의 소식을 전했다.

우리 3남매는 엄마 아빠 없이 지내는 밤이 처음이었다. 이불을 덮고 누우니 밤을 하얗게 지새울 만큼 걱정되었지만, 마음과는 다르게 우리는 잠이 들었고, 아침에 각자의 학교로 갔다.

아빠는 손을 다치셨다고 했다. 엄마는 그렇게만 알고 있으라고
했다. 손을 다쳤는데, 다리도 아닌 손인데 왜 집에 안 오시나 의
아했다.

그래서 주말에 아빠에게 가기로 했는데 주말이 되기 전에 아빠
가 집으로 오셨다. 왼손에 머리만 한 붕대를 감고 오셨다. 왼손의
엄지손가락을 제외한 네 손가락이 절단되는 사고였다.

걱정과는 다르게 아빠는 괜찮다 하시며 다음날 새벽부터 바로
일을 나가셨다. 나는 이상했다. '분명 많이 아프다고 했는데…. 일
가신 걸 보니 아닌가?' 하는 생각이 들었다. 나이만 성인이었지
생각은 그것밖에 하지 못한 나였다. 가장이면서 목수였던 우리
아빠는 일을 해야만 했던 것이다.

"아빠~! 그때 아빠 손 다쳤을 때 나는 기억이 잘 안 나."

"이틀인가 삼일인가 만에 바로 퇴원해서 그럴 거야."

"왜 그렇게 빨리 퇴원했어?"

"일해야지. 일을 해야 모든 게 돌아가지."

가족뿐만 아니라 일터도 책임지고 있었던 아빠는 그 무게로 인해 누워있는 병원 침대가 가시방석과 같았으리라.

"라지에타 박스를 만들다가 전기톱에 손이 딸려 들어간 거야. 바로 연세정형외과를 갔는데 안 된다고 하더라고. 그래서 손가락을 싸 들고 빈센트병원으로 갔지. 응급실에서 의사가 내 손가락을 이리 붙였다가 저리 붙였다가 하는 거야. 그러더니 그 자식이 안 되겠다고 다른 병원으로 가라는 거야! 아이고! 얼마나 아픈지 욕이 막 나오는 거야. 못하겠으면 건들지나 말지!"

30년 전이니 응급실 의사가 어땠을지 상상이 되었다. 아빠는 의사라고 또 얼마나 신뢰를 했을까. 큰 병원 의사라고 꼭 참고 있었는데 아파 죽겠는 손을 주물럭거리더니 결국 안된다는 말을 듣고 아빠는 화가 많이 나셨을 것이다. 진짜로. 아빠 말대로 못하겠으면 건들지나 말 것이지!

"그래서 택시를 잡아타고 서울에 있는 병원으로 갔지. 그런데 이 택시 기사가 남태령 고개에서 중앙선을 넘어 가지고 역주행을 하는 거야. 손이 아니라 교통사고 나서 죽을 것 같더라고. 그래서 '아! 왜 그러냐'고 했더니 기사가 한다는 말이 '경찰이 빨리 따라붙으라고요!'라고 하는 거야."

경찰 눈에 띄기 위해 일부러 역주행을 했는데 아빠가 탄 택시를 잡는 경찰은 아무도 없었다.

그래서 어쩔 수 없이 택시는 방배경찰서로 직행했다. 경찰서를

들이받을 듯 달려오는 택시를 보고 놀란 경찰관들은 피로 젖은 붕대를 왼손에 달고 있는 아빠를 보고 더 놀랐다.

택시에서 경찰차로 갈아탄 아빠는 중앙대학교병원으로 갔다. 하지만 그곳에서도 거절당했다. 접합 전문 의사가 없으니 차라리 접합 전문 병원으로 가는 것을 권했다고 한다.

몇 군데의 병원을 거칠 만큼 그리고 그곳에서 모두 안 된다고 다른 병원으로 가라고 할 만큼 손가락의 상태는 좋지 않았던 것이다. 겨우겨우 찾아간 곳은 접합 전문도 맞았고, 손가락도 치료할 수 있지만, 아빠더러 급하지 않으니 기다리라고 했다. 아빠는 어이가 없었다. 손가락이 아니라 이제 팔이 아파 죽을 것 같았다.

"네? 선생님! 저 너무 아픕니다!"
"환자분. 여기 더 급한 환자가 몇 분 계세요. 조금만 더 기다리세요, 걱정하지 마시고요."

 그리고 돌아보니 아빠 눈에는 손가락이 아닌 팔이 절단된 사람, 다리가 없는 사람이 보였다고 한다. 차분히 기다렸는지는 모르겠지만 여하튼 아빠는 수술을 잘 받으셨다. 하지만 네 번째 손가락의 한 마디는 결국 살리지 못했다.

 이 병원 저 병원 거치느라 시간도 너무 지체되었고, 톱날에 너무 넓은 부위가 뭉개졌기 때문이다. 일주일 정도 치료만 잘 받으면 신경이 살아날 거라고 했지만 양쪽 어깨에 가정과 현장을 짊어지고 있던 아빠는 그 날짜를 다 채우지 못하고 결국 집으로 돌아오고야 말았다.

 그래서인지 아빠는 날씨가 차가워지면 손가락부터 신호가 온다. 아프고 저린 손가락을 호호 불며 양손을 맞잡고 주물러서 조금이라도 더 움직이게 한다. 그래야 톱질하고, 못질해서 돈을 벌 수 있지. 그 돈으로 쌀도 팔아먹어야 하고, 애들 육성회비도 내야 했을 아빠를 생각하니 멀쩡한 내 손이 조금 부끄러웠다.

39 아빠에 이어 엄마까지

"느그 결혼할 땐가? 그 전핸가? 돈까스 누르다가 그랬어."

아빠는 전기톱에 손을 다치셨었다. 왼쪽 손가락이 절단되는 큰 사고였고, 일부 신경만 살릴 수 있었다.

그리고 몇 해 후 엄마가 정육점에서 고기 누르는 기계에 손을 다치셨다. 아빠와 마찬가지로 손가락이 절단되는 사고였다. '부창부수'는 이럴 때 쓰는 말이 아닌데 엄마는 자꾸만 엄마랑 아빠를 그 단어에 묶으며 부부는 그런 거라고 했다.

"엄마~ 요즘도 손가락 아파?"

"바람이 서늘해지면 제일 먼저 저릿저릿해."

"찜질이라도 좀 할까?"

"이러다 하늘에서 부르면 가는 거지, 뭐~"

'엄마는 꼭 말을 그렇게 하더라'면서 내가 소리를 꽥 질렀지만, 엄마는 딸이 그러든지 말든지 식탁을 닦았다. 엄마의 손가락을 보며 옛날 얘기를 내가 먼저 꺼냈다.

"엄마~ 정육점 힘든데 때려치우지 그랬어?"

"그럼 너 학교는 어떻게 가? 동생들은? 그나마 그거라도 해서 너네들 공부한 줄 알어~!"

안다. 내가 그걸 왜 모르겠나. 하지만 엄마 손가락을 보면 속상해서 그냥 그런 말이 나온다. 그래서 엄마더러 따뜻한 차 한 잔 마시자고 했다. 엄마랑 딸이랑 사이좋게 앉아 도란도란 얘기나 하자며 내가 의자를 톡톡 두드렸다.

하지만 엄마 손가락 얘기로 시작한 대화는 엄마가 정육점 하던 때에 계속 머물러 있었고, 주변을 돌다가 결국 엄마가 다친 날로 다시 돌아왔다.

"돈까스 고기는 침으로 된 기계에 눌러야 하잖아. 고기를 주우욱 넣는데 손이 후루룩 딸려 들어간 거지. 고기를 넣다가…. 장갑이 딸려 들어가는 순간 아차 싶었고, 바로 빠꾸를 눌렀는데 이미 손가락이 저며진 뒤였어. 피를 칠갑을 해서 병원으로 갔지."

말만 들어도 소름이 돋았다. 우리 엄마는 그 순간 얼마나 놀랐을까! 얼마나 아팠을까! 울지는 않았을까? 다른 물음표는 다 빼고 어느 병원에 갔냐고 물었다.

"빈센트 병원 갔지?"

"아니, 연세정형외과 갔어."

"연세? 왜~~~~?"

"너무 급했으니까."

"그래서 잘 치료했어?"

"마흔다섯 바늘 꿰맸어. 아이고…. 말도 마. 꿰매다가 꿰매다가 새끼손가락은 마취가 풀려서 생살을 그냥 했다니까. 나 그래서 지금도 그 병원 가기 싫어. 그때 생각나서."

그리고 엄마는 오후 장사를 이어갔다. 내가 어떻게 그럴 수 있냐고, 입원해서 좀 더 치료를 받았어야지 않냐고 했을 때 엄마는 '돈은 벌어야지.'라고 했다. 그 말이 너무 아팠다.

엄마가 정육점을 시작할 때는 아빠 일이 잘 안 될 때였다. 엄마 생각에 이러다가는 애들 학교고 뭐고 아무것도 안 되겠다 싶어서 시작했다고 한다. 하긴 정육점은 81년도 건지미 집터 살 때부터 엄마가 하고 싶어 했던 업종이었다. 10년도 더 지난 시점에서 용감하게 시작할 수 있었던 건 다름 아닌 아이들 때문이었다.

아이들을 위해 돈은 벌어야 했기에 못 할 것이 없었다는 엄마의 말에 나는 그저 엄마 손을 잡을 수밖에 없었다. 그 돈으로 내가 먹고, 입고, 공부했다고 생각하니 세계 평화라도 이뤄야 할 것 같았다. 실상은 가정의 평화도 쉽지 않은데 말이다.

목수와 그의 아내

돌아보니 50년

40 작은아빠의 형수, 우리 엄마

아빠는 5남 3녀 중 셋째 아들이다. 두 분이 돌아가시고 지금은 육 남매가 되었다. 그중 안산 작은아빠는 제일 가깝게 지내는 동생이다.

아빠와 작은아빠 두 분이 저녁을 드시며 반주도 한 잔씩 하시는데 그럴 때면 으레 나에게 전화를 해서 술을 더 사 오라고 하신다. 친정으로 소주 심부름을 하러 간 어느 날인가 유독 저녁 분위

기가 너무 좋아 보여서 자리를 잡고 옛날 이야기를 시작했다.

"작은아빠. 작은아빠한테 엄마는 어떤 형수였어?"

"너무 좋은 분이지. 특히 기억나는 건 사사리에서 영광상회 하셨을 때였어."

"영광상회? 왜요?"

"미칼라. 나는 도마교리에서만 살았었잖아. 구멍가게 하나 없는. 그런데 형님이랑 형수랑 사사리로 이사를 하시고 영광상회를 시작하셨잖아. 그래서 가게 구경을 갔는데…. 세상에…. 신천지인 거야! 과자가 막 쌓여 있고, 한쪽에서는 통닭을 막 튀기고, 아휴! 뭘 어떻게 해야 할지 모르겠더라고!"

문어 숙회를 썰던 엄마가 돌아서며 작은아빠의 말을 받았다.

"십 원짜리 한 장 없던 학생이 도마교리 밖에 이런 세상이 있는 걸 처음 본 거지."

"맞아요, 형수님. 그때 정말 눈이 튀어나오게 놀랐었어요."

그래서 이번엔 엄마에게 내가 물었다.

"엄마. 그럼 엄마한테 작은아빠는 어떤 시동생이었어?"

"시집 왔을 때 있는 줄도 몰랐던 시동생이었지."

"헐. 나이가 그렇게 되나?"

"나 시집오니까 꼬물꼬물 애가 둘이나 있는 거야. 세상에."

"아! 그때 작은아빠랑 막내 고모랑은 꼬마였구나!"

"그렇지."

"그런데 막내 고모가 있는데 왜 작은아빠를 '막내'라고 불러?"

"삼촌은 그냥 막내고. 막내 고모는 진짜 막내고."

이건 무슨 논리인가…. 여하튼 삼촌은 막내다. 누군가 "막내야

~" 하고 부르면 작은아빠가 대답한다. 막내 고모는 이름을 부른다. 바로 이 점이 작은아빠가 막내 고모에게 미안한 점이라고 한다. 이건 또 무슨 이야기일까 궁금했다.

"내가 그래서 고모한테 좀 미안해."

"왜? 막내라서? 막내가 아니라서?"

"내가 막내 오빠로서 동생한테 신경을 많이 못 써준 것 같아서."

"아들과 딸의 차이였나?"

"그런 것도 있었지만 내가 집에 없었잖아."

작은아빠가 오랜 시간 집을 비웠던 이야기를 하면서 우리는 시간 가는 줄 몰랐다.

집으로 돌아와 우리가 나누었던 이야기를 되짚어보았다. 작은

아빠는 작은아빠대로 신세계였을 것이다. 그런데 엄마는 도마교리에 시집온 그날이 제일 놀라운 날이 아니었을까? 시내 2층 양옥집인 줄 알았는데 버스도 들어오지 않는 시골 흙집이었다. 게다가 학교에 들어갈까 말까 한 시동생들까지 있는 그 집이 얼마나 낯설었을까?

엄마만큼은 아니었지만 나도 시댁이 참 낯설었다. 밀양역에 도착하자마자 택시에 올라탔는데 꼬불꼬불 산길을 말도 못하게 갔다. 아, 그러고 보니 진짜 말을 못 했다. 무슨 말인지 알아듣지도 못했거니와 입을 벌리기만 해도 그 집의 모든 가족이 나를 뚫어지게 쳐다보는 것 같았다. 엄마가 도마교리에서 한 마디도 못 했던 것과 같은 이유였다.

엄마에게 그랬던 세월이 벌써 50년 가까이 지나고 있다. 아빠도 엄마와 함께한 시간이 마찬가지로 켜켜이 쌓이고 있었다. 요즘엔 친정에서 나올 때 인사로 하는 말이 있다.

"두 분이 손 꼭 붙잡고 주무셔. 싸우지 말고."

반백 년을 살면서 힘든 날만 있었던 것도 아니고 한결같이 좋지만도 않았을 것이다. 색색깔로 다양한 날들이 엄마와 아빠를 단단히 둘러싸고 있어서 정말 다행이다. 나도 그렇게 늙고 싶다는 생각을 하며 잠이 들었다.

41 구미역에서 노숙한 할머니

"작은아빠~ 근데 할머니 구미역에서 노숙하신 거 알아?"

"어~! 너 그거 어떻게 알아?"

"아이고~ 내가 모르는 게 어딨어! 그러니까 나한테 잘해!"

"미칼라, 너 진짜 그거 어떻게 알았어?"

"아니! 할머니가 그날 밤에 안 들어오셨잖아. 그리고 다음 날 오셔서 그러시더라. 구미역에서 의자 붙여놓고 주무셨다고. 삼촌 면회하고 구미역에 왔는데 막차를 놓쳐서 어쩔 수 없이 노숙하셨다고 하시더라. 그래서 내가 할머니한테 삼촌을 왜 그렇게 먼 데까지 보냈냐고 했지."

작은아빠와 나 사이에서 듣고만 있던 아빠가 갑자기 작은아빠의 학교를 아쉬워하시며 말씀하셨다.

"그때 막내를 거기가 아니라 금오공고에 보냈어야 했어."
"아빠는 그때 뭐라고 조언을 하셨어?"
"조언을 할 수 있는 입장이 아니었지. 나는 아버지가 아니라 형이었으니까."

그랬다. 아빠는 다른 동생들보다 작은아빠를 늘 애처롭고 대견하게 바라보셨다. 들싸안고 오왕근의원에게 달려갔던 아기 때부터 종종 등에 업고 병원을 갔던 동생이었다. 유순한 성품에 몸까지 약했던 이 동생이 지금은 호탕하게 웃으며 "형님 이거 드세요!"라며 두 손 무겁게 자주 오는 반가운 사람이다.

그 옛날 할머니에게 듣지 못했던 대답, 작은아빠가 왜 그렇게 멀리까지 가서 공부를 해야 했는지 이번엔 당사자에게 물어보았다.

"작은아빠는 고등학교를 왜 그렇게 멀리 갔어?"

"돈 때문에."

"돈? 학비?"

"응. 거기가 국비 지원이었거든."

"경기도도 아닌데 그런 곳이 있는 줄 어떻게 알았지?"

"그때만 해도 육영수가 밀던 학교였으니까 중학교에서 추천서를 써줬지."

"우와~ 우리 작은아빠, 공부 좀 했었나 봐?"

"전교 1등은 아니었어. 너네 아부지 같았으면 더 좋은 곳을 가셨겠지!"

　그러면서 작은아빠는 아빠에게 술병을 기울이셨다. 아빠는 어린 동생이 나이 드신 부모님의 근심을 덜어드리고자 멀리까지 고등학교에 가야 했던 그 시절로 가 있는 것 같았다. 그래서 아빠에게 그때의 심정을 물었다.

　"아빠~ 동생을 멀리까지 보내는 마음이 어땠을까?"
　"마음이 너무 아팠어."
　"그럼 가지 말라고 하지 그랬어?"
　"내 선에서 해결할 수 있는 게 아니었어. 나는 너네들이 있었잖아. 내 자식 건사하기도 급급한데 동생까지 어떻게 할 수 있는 처지가 아니었지. 그때는 부모님도 정정하셨고."

　심정적으로 아빠는 이 동생을 자식처럼 여겼지만 어쩔 수 없는 현실이었던 것이다. 멀리서 학교생활을 훌륭하게 하고 있다는 소식만으로도 너무나 기뻤다. 하지만 그것도 잠시. 급격하게 몸이 안 좋아져서 힘든 시기도 있었다.

작은아빠는 그때를 '너무 슬프고 외롭고 힘들었던 시절'이라고 했다. 엄마는 그때를 '시동생이 너무 애처로웠지.'라고 하셨다. 아빠는 그때의 무거웠던 마음을 한숨으로 대신하셨다. 같은 마음이었지만 각자 다르게 아팠던 마음을 내놓으며 우리는 잠시 침묵했다. 그 침묵을 깬 건 작은아빠였다.

"근데 미칼라! 지금은 너무 좋아! 형님이랑 김 서방이랑 이런 얘기를 할 수 있다는 게 얼마나 좋냐!"

우리는 가끔 웃으며, 가끔 눈물을 글썽이며 긴 저녁 시간을 보냈다. 특히 할머니와 할아버지에 대해서 우리는 많은 이야기를 나누었다. 나에게는 할머니, 할아버지였고, 아빠에게는 엄마와 아버지였고, 작은아빠에게는 연로하신 부모님이었다. 같은 분을 각자 다르게 기억하고 있다는 것이 좋았다. 그 애틋한 마음을 나눌 수 있어 더 좋았다. 목수와 그의 아내는 동생과 딸 내외를 배불리 먹여 집으로 보내면서 생각했을 것이다. 좋다. 참 좋다.

42 〈로망〉을 보고

마트에서 제주 무가 맛있다길래 호기롭게 샀다. 생전 처음으로 깍두기를 담가봤다. 오호! 맛있어서 깜짝 놀랐다. 내 손맛이 아닌 무가 '열일'한 깍두기를 엄마에게 자랑하고 싶어 친정으로 가져갔다. 친정에 도착해보니 엄마 눈이 부어 있었다. 운 것 같았다. 무슨 일일까?

"엄마 울었어?"

"어."

"왜?"

"영화 봤어."

"두 분이서 극장에 갔어?"

"아니. TV로."

　나른한 햇살이 비치는 오후에 두 분이 나란히 앉아 관람한 영화는 이순재, 정영숙의 〈로망〉이었다. 낯설어서 극장 가기를 꺼리는 부모님이 웬일인가 싶었는데 '내 얘기 같아서 봤다.'라는 말에 코끝이 찡했다.

　"두 노인네가 치매 걸려서 바닷가에 앉아 있는 장면이 제일 기억나. 젊어서 열심히 일해가지고 새끼들 박사까지 만들어 놨더니 직장도 못 잡고 낚시나 하러 다니더라고. 할머니가 먼저 치매가 걸렸는데 나중에는 할아버지도 치매였어. 부부가 번갈아가면서 정신이 돌아오는 거야. 한 명씩."

요즘 들어 '내가 왜 이러는지 모르겠다.'라며 건망증이 너무 심
해졌다고 자주 말씀하시는 엄마는 주인공에게 자신의 모습을 투
영했나 보다. 운전을 그렇게 잘하던 우리 엄마는 어느 날 핸들을
놓았고, 이제는 운전석은 물론이고 조수석에도 앉기 싫어하신다.
운전을 안 하니 외출 횟수가 줄어들었고, 그만큼 외부와 접촉을
하지 않으니 심리적으로 위축되는 것 같았다.

"아들이 지 부모한테 '돈 벌어서 밥 먹여주고 공부시켜주면 부
모 노릇 다 하는 거냐!'라고 막 소리를 지르더라고. 어휴…. 내 자
식들은 안 그러지만 그런 자식을 보니 내 마음이 막 답답하더라
고."

엄마가 영화에 너무 몰입했나 보다. 그래서 내가 엄마 손을 잡

고 말했다.

 "엄마~ 우리는 엄마랑 아빠가 밥 먹여주고, 공부시켜줘서 얼
마나 감사한지 몰라. 내 맘 알지?"
 "알지~ 알지~"

 그러면서 엄마는 영화 얘기를 계속했다.

 "그래서 결국 둘이 죽을라고 작정을 하고 나섰어. 안전띠도 다
풀고 고속도로에서 막 달린 거야. 그런데 글쎄 순경한테 과속으
로 딱 붙잡힌 거야. 그러고는 어쩔 수 없이 가다가다 바닷가 어느
숙소에 도착했어. 죽을래도 죽을 수 없는 신세를 한탄하다가 깜
빡 잠이 들었지. 그러고 깼는데 옆에 할머니가 없는 거야."

 이 순간 가슴이 서늘해졌다. 할머니가 어디 가셨을까? 엄마에

게 듣는 영화는 스크린으로 보는 것보다 더 영화 같았다. 그래서 어떻게 됐냐고 물을 새도 없이 엄마는 말을 이었다.

"바닷가 모래밭에 앉아 있는 할머니를 보고 할아버지가 그리로 갔지. 옆에 앉으면서 '추운데 왜 나와 있냐?'라며 툭 치니까 할머니가 스르르 쓰러지는 거야. 죽은 거야. 하…. 허망하게 죽더라고."

엄마가 이렇게 말을 많이 한 적이 있었던가 생각해보았다. 늘 말을 하는 쪽은 아빠였고, 엄마는 거들거나 말을 막는 쪽이었다. 영화의 내용을 마치 본인의 이야기처럼 생생하게 전달하는 엄마를 보고 있자니 여러 가지 생각이 들었다. 나에게 잘 들으라며 엄마는 테이블을 가볍게 한 번 치더니 영화 제목에 관해 얘기했다.

"거기 나오는 노인네들이 젊었을 때 로망이 뭐냐고 서로 묻더라."

"뭐라고 했는데?"

"열심히 일해서 토끼 같은 새끼 기르고 마누라랑 둘이 사는 거라고 하더라."

"엄마 로망은 뭔데?"

"나도 그렇지 뭐."

이전에 나는 엄마의 로망이 뭔지 물은 적이 있었던가? '나도 그렇다.'라는 엄마의 말에 배어 나오는 감정은 표현하기 어려울 만큼 오묘했다.

"엄마. 내가 아침, 점심, 저녁으로 들어올까?"

"아니~ 어떻게 그래~!"

"영화를 이렇게 감명 깊게 보는 우리 엄마. 오늘 극장 갈까?"

"싫어. 그냥 집에서 불고기나 먹자."

그러고 보니 우리 엄마의 변함없는 로망은 손수 지은 밥으로 가족들 배불리 먹이는 것이다. 그게 제일 보람된 일이고, 평생의 즐거움이다. 나는 엄마의 로망에 내가 담근 깍두기를 얹어 먹었다. 궁합이 잘 맞았다.

목수와 그의 아내

부록 : TMI

43 우리 아빠 옷

아빠는 직업 특성상 옷 취향이 좀 까다롭다. 바꿔 말해 취향만 알면 옷 고르기의 실패는 없다.

윗도리

연필과 볼펜을 여러 개 꼽을 수 있는 가슴 주머니가 꼭 있어야 한다. 귀 뒤에 여러 개를 꼽을 수 없으니 말이다. 티셔츠는 위로 벗어야 해서 안 된다. 앞섶을 단추로 여미는 남방이 제일 좋다.

겉옷

작업복 스타일이다. 색깔이 짙어야 하는 건 물론이거니와 못에 걸려 자주 찢어지기 때문에 바느질하기 좋아야 한다. 안주머니가 반드시 있어야 하며 지갑과 핸드폰을 넣어야 하므로 주머니 치수도 넉넉해야 한다. 주머니는 많으면 많을수록 좋다. 아무리 멋져도 주머니가 없으면 탈락이다.

바지

군살 없는 몸매라 허리 30 치수가 딱 맞지만 그렇다고 30을 사가면 그 자리에서 퇴짜를 맞는다. 최소한 34는 되어야 낙낙하니 좋다고 말씀하신다. 우리는 절대 이해할 수 없는…. 걸을 때마다 바짓가랑이가 다리를 휘감는 그 느낌을 좋아하신다.

내복

1년 열두 달 중에 한여름 빼고 열 달을 입으신다. '울트라 히트

텍'처럼 얇은 것보다 '몽고메리'처럼 두꺼운 걸 더 좋아하신다. 밝은 색깔은 안 된다. 그렇다고 까만색을 사가면 얼굴이 까매지도록 싫어하신다.

44 우리 엄마 옷

엄마는 단정한 스타일을 좋아하신다. 멋스럽게 나풀거리거나 생생한 꽃이 프린트된 옷이라면 옷장 지킴이가 될 확률이 높다.

양말

도톰하니 신발과 하나 되어 발을 안아주는 느낌이라야 한다. 꽃무늬도 좋고 줄무늬도 좋지만 같은 걸 여러 켤레 사야 좋아하신다. 그래야 구멍이 나더라도 다른 짝꿍을 마음껏 맞출 수 있으니 말이다.

윗도리

목선이 적당히 드러나는 낙낙한 55 치수가 좋다. 엄마가 입는 윗도리 중 팔이 잘려나가지 않은 것들이 없다. 남들이 입는 8부 소매가 엄마에게는 손목까지 딱 떨어진다. 팔 길이는 짧되 전체적으로 엉덩이를 반만 덮어야 한다.

겉옷

허벅지 중간쯤 길이를 제일 좋아하신다. 걸을 때 다리에 휘감기는 걸 질색한다. 목선은 가능하면 낮고 얇게 잡혀야 하고 움직임이 둔해 보이면 아무리 비싸도 안 입으신다. 털 장식이나 모자가 달려도 엄마의 선택을 받기 힘들다. 여밈은 지퍼보다 단추를 선호하며 색깔은 선명한 것이 좋다. 파스텔톤은 있는 것도 없는 것도 아니니까.

"

엄마와 아빠의 시간을 담아 드리기로 했습니다.

함께 과거로 여행을 했습니다.

우리가 살고 있는 현재가 더 소중해졌습니다.

"

목수와 그의 아내

"너는 내 딸이야."

대학에 입학했을 때 엄마와 아빠가 제게 하신 말씀입니다. 아마도 성인이 된 딸이 무척이나 걱정되셨나 봅니다.

그 뒤로 이 문장을 서너 번 정도 더 들었습니다. 특히 먼 길을 떠날 때 잘 다녀오라는 인사 대신 하셨던 말씀입니다.

당시에는 "응."이라고 대답을 했는데 좀 더 살갑게 "다녀오겠습니다."라고 인사를 했으면 더 좋았을걸…. 이런 후회가 아직도 남아 있습니다.

"너는 대학 나와서 닭도 못 잡냐?"

아빠가 농담으로 하신 말씀에 저는 죽자고 덤볐던 기억이 있습니다. 아빠는 적잖이 당황하셨어요. 그때 그냥 하하 웃고 넘길 걸…. 하는 후회가 아직도 남아 있습니다.

결혼하고 아이 낳아 기르면 할 일 다 하는 거라고 하신 부모님의 말씀에 정말 그런 줄 알았습니다. 하지만 아니었습니다. 나이가 들수록 엄마와 아빠에 대한 후회가 더 쌓이기만 했습니다. 특히 세 아이가 사춘기에 접어들면서 부모의 책임과 역할에 대한 무게가 더 커졌습니다. 어깨가 무거워질수록 예전의 엄마와 아빠가 자꾸만 떠올랐습니다. 내 안에 남아 있던 후회들도 함께 보였습니다.

그 후회들을 조금 지워볼 수 있을까 하는 마음에 엄마와 아빠의 시간을 담기 시작했습니다. 담으면서 우리 모두 재미있었고, 이야기를 나누며 함께 과거로 여행을 했습니다. 타임 슬립을 거듭할수록 우리가 살고 있는 현재가 더 소중해졌습니다. 소중한 현재들을 모아 마침표를 한 번 찍었습니다. 마치 인생을 '중간 정산'하는 것 같아서 뿌듯했습니다.

마침표 다음에는 새로운 문장을 시작하듯 다음 정산하는 날까지 또 열심히 살면서 이야기도 계속 담을 것입니다.

저는 목수와 그의 아내가 낳은 큰딸 미칼라입니다.